講談社文庫

オリーブの実るころ

中島京子

講談社

家　猫　7
ローゼンブルクで恋をして　41
川端康成が死んだ日　79
ガリップ　107
オリーブの実るころ　141
春成と冴子とファンさん　179

オリーブの実るころ

家猫

息子が結婚しないという事実は事実として、いまの時代、しない人も大勢いるし、年取ってからする人だっているのだから、あまり大げさに考えるべきではないと思っている。

来年は夫の七回忌で、あれからそんなに時間が経《た》ったかと思うと驚く。となると息子はもう四十を超えたのか。息子が年をとるというのは、なんだかこちらがひどくお婆さんに感じられてきて嫌だし、それこそ夫の逝去のあたりからこっち、息子の年なんか数えないことにしている。

たまに、あなたも婚活くらいしなさいよ、と言ってみるのだけれど、そうすると息子は奇異なものを見るような目つきでこちらを見る。古臭い母親と思っているのかもしれない。夫が生きていたころは、私どころの騒ぎじゃなくて、息子の顔を見る度に小言を言っていた。夫にしてみれば、いい年で嫁も子どももいないなんて、人として間違っているという思いがあったのだろう。

息子の住むマンションは、電車を乗り継いで四十分ほどの距離にある。ときどき、好物を作って出かけて行き、置いてくることもある。鍵を預かっているのは、何かあったときの用意なのだけれども、突然行って驚かせるようなことは、もちろん絶対にしない。行くときはちゃんと行くと連絡してから出かけるが、息子は居たり、居なかったりする。顔を見られないと少しがっかりするけれども、まあ、仕方ないだろう。あの子のほうが実家に来ることはほとんどない。親子仲が悪いわけではなくて、息子の仕事が忙しいせいだ。いまどき、四十そこそこで大手メーカーの企画広報課長というのは、望んで得られる地位ではないようだ。同期では、はじき出されるようにして辞めていった人も多いし、役職につけずに終わるだろうと言われている人も大勢いるらしい。息子はそれだけ実績を認められていまの地位についているのだから、しゃかりきになって働かないとならないのに違いない。母親になど、かまけている時間はないはずだ。私にしたって、息子のお荷物になりたくない。それに、なるべきでもないと思っている。まだかろうじて六十代なのだから、介護が必要なわけでもない。遺族年金と老齢基礎年金、息子からの仕送り、それに夫の遺産を運用しての投資信託の分配金で、月々の暮らしは細々ながらなんとかできていて、幸い持ち家があるので、独り暮らしはそこそこ快適でもある。

もちろん、息子が再婚したら、この家を譲るつもりはある。

譲るというと大げさだけれども、同居してもらうほうがいいと思っている。いまどき、家を持てる人なんてそうはいないし、あの子の場合、ここがあるのだから、マンション住まいなんかやめて、ここをリフォームしてしっかりした二世帯住宅を建てたらいいと思うのだ。費用はかかるだろうが、一戸建てを建てることに比べたら安いはずだし、あの子もあの年で子どももいないのだから、貯金はいくらかあるに違いない。相続のことを考えたら、同居しておくにこしたことはないのだし、少しくらいなら私のほうで資金援助することもできる。二世帯同居は税金対策としても有効なはずだ。

ただし、結婚するとなると、いずれ子どもができることを考えに入れないわけにはいかない。二階に子ども部屋を作るとか、抜本的なリフォームとなると、かなりな出費だろうか。それはそれで、子どもができたときに考えればいい。いまは嫁じたいがいないのだから、あまり先走っても仕方がない。

「結婚する気はないんだよ」

と、この間会ったとき、息子ははっきりと言った。

「めんどくさいから」

それが理由だった。

何がいったい「めんどくさい」んだろう。昔は結婚とはするべきものだとされていたから、「めんどくさい」なんて理由でしないということは考えられなかった。

あの子は中高一貫校を出て有名私大に進み、人さまからは羨《うらや》ましがられるメーカーに就職したわけで、そうなるとお嫁さんだって、誰でもいいというわけではないから、そこのところを考えると「めんどくさ」くなっていくのかもしれない。

息子は一度失敗しているので、慎重になるのも無理はない。十何年か前のことで、結婚して二年もしないうちに離婚した。理由は相手の女性との性格の不一致だそうだけれども、他人同士の性格が一致するというのもおかしな話ではないか。息子はお嫁さんに手を上げたこともなければ、給料を渡さなかったわけでもない。飲み屋だか、クラブだか、どこだかの女性がしつこく電話をかけてきて、あることないこと、お嫁さんに吹き込んだのが原因だ。きちんと話せば息子に罪はないことははっきりしている。仕事上のつきあいで、そういう場所へ行くことだってあるだろう。そんな仕事をしている女の言うことを、なぜいちいち真に受けるのか。

ただ、私の目から見ても、あの人は育ちのいいお嬢さんで、家柄から学歴から容姿から、いろいろなものが我が家と釣り合いが取れていて、その点は夫もたいそう気に入っていた。息子は夫に似て背が高く、目鼻立ちは私に似て整っている。結婚式は都内のホテルで盛大に行って、美人の花嫁さんとあの子は式場のポスターになってもいいくらい、絵になる新郎新婦だった。そのことを考えると残念ではあるが致し方ない。あのころはまだ息子も若かったから、別居もいいと思ったし、仕事も続けたいなら続けてもいいと、お嫁さんのいいように条件を整えたと記憶している。もう、終わったことだから、とやかく言うつもりはない。こちらからしてみれば、むしろせいせいしたというか、あの程度のことが我慢できないようなお嫁さんでは、いてもらってもしょうがないと思うので、気にはしていない。客観的に考えてみれば、気の毒なのは、あちらのほうだろう。

男は本人がしっかりしていれば一度の離婚くらいで経歴に傷がつくこともないし、いまどきはバツイチ男はモテると言われるくらいだけれども、彼女の場合は、あきらかに戸籍が汚れたわけで、そのあとで、うちよりいい条件のところに嫁ぐことができたとは思えない。愚かなことをしたものだと思う。実の娘なら、そこのところを懇々《こんこん》と説教してやるところだけれど、嫁と言ってもしょせんはよそ様の娘だから、そこまでの親切をしてあげる気持ちにはならなかった。

先日、久しぶりに女子高時代の同窓会があって出かけてきたが、息子や娘が離婚したなんていうのは、いま、ちっとも珍しくない。二度目の結婚をしたという話もよく聞くし、昔と違って、選択の自由が広がっているので、一度やってみて自分の判断で次へ行くという姿勢はむしろポジティブにとらえられるべきだという空気さえある。

それなのに、Kさんなどがまるで同病相憐れむというような視線を私に向け、何かとそばに寄ってきて同意を求めるのなどはいかがなものかと思う。Kさんの息子は、言っては何だけれども見た目もぱっとせず、学生時代は引きこもりで、仕事も何をしているかよくわからないし、いちばん大きな違いは、一度も結婚したことがないという点にある。息子は「できるけれどもしない」だけど、Kさんの家のあのぱっとしない男の子は「できない」わけで、一緒にされては困るとまでは言わないけれども、どう言ったらいいか、困る、困らない以前に、一緒にするのは、客観的に言って間違っている。「あきらめの境地」だとか「一生、息子の世話をして人生を終える」とか、聞くだけで嫌になってくる言葉を発しながら、私に近づいてくるのはやめてもらいたい。

しばらく同窓会に行くのもよそうかと思うけれど、行かなくなるのも負けた気がして不愉快だから、なるべくSさんや、高校時代はあまり口をきいたこともなかったT

さんなど、バツイチ組といっしょにいるようにしようと思う。というか、孫も生まれて傍目にも幸せそうなNさんやYさんなどと話しているほうが、私にとって気分がいいのは、Nさんたちが明るい性格で人好きがするということもあるけれども、私にはコンプレックスがなくて、Kさんみたいな世を拗《す》ねた感情がなく、息子にもおおむね満足している、その心の余裕のなせるところであるに違いない。

四十代を迎えても毎朝ランニングをして体を鍛《きた》えているうちの息子は、母親の欲目を差し引いて考えても、収入の低い若い男性に比べたって、魅力的なのではないか。最近、若い女の子も、壮年男性のほうが同年代より素敵だと思う傾向が強いそうで、それは納得できる事実である。芸能界の結婚などをみても、こちらが素敵だなと思う男性は、だいたい四十を過ぎてから結婚している。やはり地位や収入が高く、社会的に認められている男は魅力的なものだ。うちの息子は若い時からファッションセンスが良くて、むさくるしい服を着るようなことはけっしてしない。支出の中に占めるクリーニング代が非常に高いのはちょっとどうかと思うけれど、いくつになっても女性の気持ちを惹《ひ》きつける男性でいるための出費なら、必要経費と考えていいと思う。仕事のできる男で、外見もまんざらではないうちの息子と、Kさんのところのあの不思議な風体の男の子をいっしょにするのは、どう考えても、お門違いというか、大きな間違いである。

ところで、その息子が最近、猫を飼い始めた。ずいぶんとまだ、若い猫のようである。

マンションで飼えるのかといぶかったが、よく見ると大きな犬連れでエレベーターに乗っている人なども見かけたので、飼えないこともないのかもしれない。

息子の部屋は高層階にあるので、基本、家の中で飼うことになる。ベランダで日向《ひなた》ぼっこすることはあっても、そのまま外へ出ていくことはない。犬ではなく猫だから、散歩に連れ出す必要もないし、息子は帰りも遅いので、餌を置いて出かけているというところか。

この間、初めて猫のいる部屋を訪ねてみたが、たしかに少し獣というか、猫のにおいと気配があったみたいな気がする。でも、私が行くとどこかに隠れてしまってまったく出てこなかった。久しぶりに、息子の好物の柿の葉鮨を届けてきたのだけれど、あの後、猫はひょっこり出てきて、脂《あぶら》の乗った鮭を食べたりしたのだろうか。

飼いたいならべつにかまわないけれど、男の独り暮らしに猫というのもわびしくないか。

ちょっとだけ不安なのは、猫がいることで、息子にちゃんとした女性が現れたときに邪魔になるようなことがないかである。やはり、結婚となると誰でもいいというわけにはいかないので、たとえ年下であっても、教育だとか、勤め先だとか、親御さんの職業とか、いろいろなことをクリアしている方である必要があるわけだけれども。それと猫とは関係ないような気もするけれども、どこか微妙に関係してくるような気がしないでもない。

＊

職場で田辺《たなべ》がめくっていた雑誌に、あんなものが載っているとは驚きだ。もう十何年間、連絡も取っていないし、どこで何をしていても関係ないけれど、まさに「あなたとは関係ありませんよ」という顔をして、あんなふうに印刷物になっているとはびっくりする。

「俺、こいつ知ってる」

思わず、そう口に出してしまって、

「えー、そうなんですか、元カノですか」

と、田辺がストライクど真ん中の返事をくれたから、隠すのもめんどくさいし、

「ていうか、元嫁」

と言ったら、案の定、

「うっそー」

という話になって、どれどれと言いながらいろんな人間が寄ってきたので、余計なことを言わなければよかったという気になってきた。

「さすが課長、超美人じゃないですか、モデルってこと？　読モ？」

「さすがって、だって、もう十何年前に別れて、連絡も取ってないよ」

「じゃ、この子どもたちは、二度目の旦那さんの」

「でしょうね。報告は受けてないけど」

「いや、それは撮影用の子どももモデルじゃないの？　本物じゃないでしょ」

「だけど、『お迎えはいつものジーンズに今年らしいアイテムをプラスして』って書いてあるよ」

「だから、幼稚園のお迎えっぽく写真撮ってるだけで、子どもは実の子じゃないでしょ」

「あ、そっか。でも、『二人の子どもは年長組と年少組、いまいちばん手がかかる年齢だからこそ、たっぷりいっしょにいたいんです』と書いてあるよ。ここ、本人の言葉で。カッコ書きで」

「写真はともかく、再婚して二人子どもがいることは確かなんだね」

「こういうの見ると課長、どんな感じなんですか」

「どんな感じって」

「逃がした魚は大きい的な？」

「ないない、そんなの。もう、ぜんぜん、ただの遠い人っていうか、ただの雑誌のモデルさんだよ」

手をひらひら振って、話を切り上げたがっているポーズを見せると、田辺や石倉《いしくら》たちは何か勝手に気を遣って、それきり話題を変えた。

正直、知り合いの顔にいきなり出会ってぎょっとした以外の感想はない。いまとなると名前を呼ぶのすらためらわれるほど遠い彼女が、誰かと結婚して幸せになっているのなら、喜ばしいことだと、頭では考えるが、実際にはほんとうになんとも感じない。これがひどく不幸になっているという話だったら、それはそれで夢見が悪いような気もするから、消極的には祝福していると言ってもいいのかもしれない。

その件は、そのまましばらく忘れてしまっていた。

ところが、仕事で立川《たちかわ》にあるギャラリーに企画展の打ち合わせに行ったおりに、中途半端に時間が余って、目の前にあった雑誌専門図書館に入り、なんとなく例の女性誌を眺めてみる気になったのだった。

白川塔子《しらかわとうこ》という名前が、その読者モデルにはつけられていた。トウコというのは、こんな字だったか、それすらすでに心もとなかった。充実しているらしい彼女の結婚生活は、その華やかなファッションページから十分に伝わってきたが、「逃がした魚」という比喩も、「大きかった」というような悔《くや》しさもこみあげることはなかった。それでも、なぜだか見ることをやめられずに、書架からバックナンバーを引っ張り出してきては、彼女の幸せな結婚の歴史を遡《さかのぼ》った。雑誌に登場し始めたのは二年ほど前かららしい。インタビューページにこんな記述を目にして、さすがに驚いた。読者モデルという人種は、そんなことまで話してしまうものなのか。

「最初の結婚は二十六歳のときでした。まだ自分自身も、相手の男性も子どもだったのかもしれません。価値観の違いがもとで二年後に離婚。それからは自分自身を大事にし、磨くことに専念して、フラワーデザインの仕事を始めました。いまの夫と出会ったのは六年前です。結婚はおろか、恋愛にも臆病になっていた私を、二歳年下で同業者の彼は、ごく自然に笑わせてくれて――」

価値観の違いってなんだったんだろう、と考えてみる。そんなに明確な「価値観」

なんて、彼女が持っていたとは思えない。

都内に新築のマンションも買ったし、披露宴も盛大に行い、新婚旅行はオーストラリアに行った。仕事は続けたいとか言っていたのに、結婚して半年すると辞めてしまった。

いまから考えると、一種の、結婚鬱みたいなものだったのじゃないか。引っ越し鬱とか。環境変化によるストレスが原因の、心因性のものだった気がする。幸せ過ぎて、鬱になる人もいるのだそうだ。気の毒と言えば気の毒だけれど、病気になってしまうのはこちらには予測もできなければ止めようもないわけで、何ができたかと考えても、何も思いつかない。幸せにしてやったのが罪だと言われるならば、勘弁してくれよと言うほかはない。医師に診てもらったほうがいいと、当時もかなり熱心に勧めたけれど、それを言うとなんだかひどく傷ついたような顔をして、さらに症状が悪くなるから、放っておくしかなかった。無理やりにでも診察を受けさせるべきだったろうか。そうしなかったのは、俺が「子どもだった」せいなのか。

とにかく彼女にはいろいろ不満があった。こんなはずじゃなかったのよ、と言って、ヒステリックに泣き出したりすることが続いたのを思い出した。けれど、あんなふうになる前は、素直な人だったと思う。ほんとうに、何が悪かったのか、まるでわからない。病気というのは恐ろしいものだと思う。

いずれにしろ、蓋《ふた》をした記憶など、引っ張り出す必要はない。彼女も幸せになったのなら、それでいいんじゃないか。こちらもけっして不幸になったわけではない。離婚は、二人にとってポジティブな選択だったんだから。

それでも、帰り道、なぜだか「結婚」という二文字が頭にちらついて離れなかった。ひょっとしたら、こちらも年を取ったということなのかもしれない。たしかに、「子どもだった」あのころとは、何かが違ってきた。違わないと思って三十代を走ってきたけれど、そろそろ落ち着くことを考える時期なのかもしれない。

家に帰る前に、イタリアンバーのサイン・Oに寄った。食べられるものをみつくろって出してもらって、ボトルを入れなおした。ここにも通って長い。あまり考えたことはなかったけれど、家飯《いえめし》も悪くないと思いながら、アボカド明太パスタを頬張った。

「俺の体、半分くらい、ここのアボカド明太パスタでできてるよ」

と冗談を言うと、

「半分はないでしょ。四分の一じゃないの？」

と、マスターが笑う。

塔子と別れて以来、いろいろな女の子とつきあったけれど、不思議なことに料理の上手いのに出会わない。家庭的なタイプというのを、どちらかといえば避けていたせいかもしれない。結婚しなければならなくなるのを、本能的に防いでいたんだろう。実際、まるきり外でしか会う気のしないのもけっこういた。

後悔というのでもないけれども、あの子とは、はっきり言って外でだけ会う関係であるべきだったと思う。あいつがどうして部屋にいることになったかというと、取引先に招待されて出かけた花見の席で出会って、何の気なしに連絡先を交換して、何度か会うことになり、酔いつぶれたのをうっかり泊めてしまったせいだ。居着いて出て行かなくなるのは誤算だった。

追い出そうと思えば追い出せたのに、合鍵まで渡しているのだから、これはもうどう考えても「大人」であるこちらの責任だということはわかっている。だいいち、自分が十八も年下の女の子とつきあうことになるとは思わなかった。

あの日、花見に来ていたのは、取引先で短期のアルバイトをしたことがあるからという理由だったらしい。いまだに「短期のアルバイト」だけがあの子の収入源で、それも部屋に居着いてからは、やっている気配がない。もちろん昼間の生活は知らないから、どこかへ出かけていないとも限らないが、一日何をしていたのかと聞くと、ゲームしてたとかテレビ見てたとかいう返事が返ってくる。

部屋の掃除は、もうずいぶん前からルンバ任せだし、洗濯は下着と靴下と寝間着以外はクリーニングに出しているから、家に女の子がいるなら頼むことは炊事くらいなのだが、いままでの例に漏《も》れず料理ができないので、部屋に帰ってもまともなものが待っていることはない。たまに世話好きの母が来て手料理を冷蔵庫に詰めて帰ることがあるが、そんなのも、あの子は気にしたり遠慮したりするどころか、

「わー、おいしそう」

と言って、ぺろりと食べてしまう。

そのくせ、母が来ているときは、寝室に引っ込んで息を潜《ひそ》めていて挨拶もしない。まあ、そのうち出ていくだろうと思っていたが、もう三ヵ月を超えた。

まめにやってくれるのは、洗面所と風呂の掃除くらいか。水回りが汚れるのは嫌いらしく、あいつがいるようになってから、殺風景な洗面所の雑多なボトル類が、こぎれいにまとまったり統一されたりして、そこはかとなくいいにおいをさせている。朝晩シャワーを浴びるときにも、ついでにバスタブや床も磨いておいてくれるので、そのあたりも評価できる。疲れているときにせがまれると、さすがにしんどいときもあるけれども、その気にさせるのはやはり若いからだろうか。まわりの連中が妻とはセ

ックスレスが長いと愚痴っているのを聞くと、若干自尊心がくすぐられるのは否めない。

ただ、結婚となると話は別で、そこは慎重にならざるを得ない。

しっかりしていて、子どもの世話を任せることができ、家に帰りたくなるような雰囲気を自然に作ってくれて、実家の母ともそこそこうまくやってくれればいい。並べてみると、非常にシンプルだし、高望みなところが一つもないのに我ながら驚く。しかし、あの子にクリアできるかどうかは別の話だ。

居着いてしまったものを追い出すという作業も、考えてみるとめんどくさい。結局、理想の結婚なんていうものが存在するわけではないのだから、どこかで諦め、どこかで折り合いをつけて行くしかないのだろうし、それができなかったのが、「子どもだった」せいだというのなら、その通りなのかもしれない。もうこちらは「大人」なのだから、あれで手を打つことも、考えてみたらどうか。

そんなふうに気持ちが傾《かたむ》いているのは、やはりこの年であの年齢の女の子を妻にするのに、ちょっと惹かれるところがあるからかもしれない。これから別のといっても、合コンに精を出す年でもないから、見合いの口を探したりするかと思うとそれもめんどうだし、若いというのは案外いいことで、こちらの好きなように教育すればなんとかなるのではないだろうか。

そんなことを考えながら、例の雑誌に登場していた彼女のことをまた思い出したりする。たしかに写真だけ見れば、理想の妻のようだ。けれども、いっしょにいたときのことをあれこれ脳裏に浮かべてみると、やはり写真の中の彼女は虚構だとしか思えない。

＊

待ち合わせしていた自然食レストランに入ると、奥で恵美《えみ》がにこにこして手を振った。

離婚調停が成立して、恵美の主張がほぼ全部通ったという。

ずいぶん前からいろいろ聞かされていたから、驚かなかった。別れるしかないんじゃないの、とアドバイスしたのも私だった。その後の展開はとても早くて、恵美は着々と離婚に向けて準備していた。

彼が声を荒らげた現場をＩＣレコーダーで録音するのに成功したときも電話をくれた。

「あの調子だと、手を上げるのも時間の問題だと思う」

と、喜々として連絡してきたときは、ちょっと驚いたが、恵美は本気でそのときを待っていたらしい。弁護士のアドバイス通りに、毎日きちんきちんと夫との間で何があったかを日記に書き留めていた彼女は、その後、酔って帰った夫が乱暴したという理由で病院に行き、頸椎捻挫《けいついねんざ》全治一週間の診断書をもらったのだった。

「頸椎は、いいよぉ」

と、恵美は言った。

「いいって、恵美ちゃん、痛くなかったの？」

「んー、まあ、そうね。ちょっと違和感みたいの、あったかな」

「ちょっとって」

「だからさ、頸椎はいいの。骨にも、見た目とかも異常なくても診断書出るから」

「どういうこと？」

「痛いです〜って言えば、診断書、書いてもらえるから。目にアザができてないとDV証明できないとかだったら、たいへんでしょ。頸椎は、使えるよ」

「じゃあ、ダンナが突き飛ばしたって話は、ウソ？」

「そーんなことないよ。飲んでからんでくるときは、激高すると強く押したりとか、ぐいってはねのけたりするから、そういうときに打ちどころ悪かったりすると、マジで怪我とかしかねないよ。てか、するよ」

「でも、診断書、書いてもらえるなら、ちょっといいかなって思ったでしょ」

「うーん、まあ、それはね。かなり有利になるからね、こういうの、あると。塔子ちゃんは、書いてもらわなかったの？」

無邪気に恵美にたずねられて、最初、なんのことだかわからずに茫然とした。

「何を？」

「診断書」

「なんで？」

「だって、塔子ちゃんのときは、たいへんだったじゃない、あれは完全に、精神的なDVだったじゃない」

「あーあ、前ののときのこと？」

「そうだよ。塔子ちゃんが応援してくれたから、私だって、ここまでやれてるんじゃん。塔子ちゃんが離婚して幸せになったの知ってるから、それ、目標にしてるから」

だって、あのとき塔子ちゃんも、かわいそうだったよね、と恵美が言った。

もう十五年も前のことなので、実感は遠かった。とくに二度目の結婚をしてからは、ほとんど思い出すことがない。あのとき自分がかわいそうだったかどうかも、ここ何年も考えたことがなかった。実際は、思い出すのが楽しいことではないので、記憶の奥に封印したといったほうが正しい。恵美がことさら前の結婚のことをあれこれ言い立てて、あのときこうだった、ああだったと言い始めたのには閉口した。けれど結局、恵美が「あのとき塔子ちゃんが」と言って並べ立て、話したいのは、「うちもおんなじよ」という結論なのだとわかったから、好きなようにしゃべらせておくことにした。いまの恵美にはそれが必要なのだろう。

でも、恵美にいったいどこまで話したんだろう、あの最初の結婚のことを。もしかしたら、いまならもう少し他人にわかるように説明できるかもしれないが、あのころの自分にそんなことができたとは思えない。すべて自分の責任のように感じていたし、どうしたらそこから逃れられるのかもよくわからなかった。

精神的なＤＶ。

そう恵美が言ったということは、話した内容を彼女がそう受け取ったのだろう。あるいは、自分でもそんな言い方をしたのだろうか。あのころの自分に、そんなふうに分析する余裕があっただろうか。

「子どもを産むのは女の人の義務だからねえ」

と、新婚旅行から帰って初めて挨拶に立ち寄った日、あの人のお父さんは穏やかな笑みを浮かべて言った。会えば必ず言った。

「女の人にしかできないことでしょう。女性なのに子どもを産まないなんていうのは、これはもう犯罪に近いね」

いまから考えると、たいした意味もなく口にしていたんじゃないかという気がする。嫁の私との間に、ほかに話題なんかなかったのだ。

その後、あの人の母親はしょっちゅう新居を訪れては、息子の好物だと言って料理を置いていった。

「共働きだと食事も偏《かたよ》るでしょう」

と、親切そうに微笑《ほほえ》んで彼女は言った。

「たまには、ちゃんとしたもの、食べなきゃ。ねえ」

私は黙って頭を下げて受け取った。いまなら、まともなものを食べさせていないわけではない、と反論することができる。普通に暮らしていて、毎日、卵を飾り切りしたりする必要があると思っていなかっただけだ。彼女の料理は上手だったかもしれないけれど、無用に美しかった。何回目かに彼女がやってきて、帰っていった休日、その料理を並べた食卓で、あの人が、

「どうして、うちの母に料理を習わないの？」

とたずねた。

「母はすごく気にしているよ。習いたければ教えてあげるのにって。いつになったら自分で言い出すのかと待っていたけど、気づかないようだから、言っておいてくれと言われた」

気づかないというのは、どういうことかとたずねると、

「ぜんぜんちゃんとできないじゃない、きみは」

と、あの人は答えた。

だからそれ以来、私は、「ぜんぜんちゃんとできない」のだと思うようになった。そのときに始まったマインドコントロールは、いまの夫と出会って手料理を食べさせて、おいしいと言ってもらうまで消えなかった。

あの人はしょっちゅう大きなため息を吐《つ》いた。それは私に不満がある、という合図だった。何が理由でため息を吐くのかが、当時、私にはわからなかった。だから、顔色を見て、おろおろするようになった。とくに理由などなく、イライラをぶつけているだけだと、そのころはわからなかった。

彼は、自分の予定を私の都合で変えられるのが嫌いだった。だから、急な残業が入

って家に帰るのが遅くなると私が連絡を入れると、家に帰って夕食も食べずに待っていることがあった。彼が自分の都合でどこかで食べてくるのは自由だったが、私の都合で外食させられるのは嫌だったのだろう。

「僕が家で食べたいときにかぎって、きみは仕事を入れちゃうね」

と、彼は言った。

私は急いで夕食を作った。

「こんな遅い時間に食うともたれるよね」

と、彼は言った。

「腹、減ってるから、こんなんでも食えちゃうけど」

こんなん、というのは、脂っこいという意味だったのか、まずいという意味だったのか、「ぜんぜんちゃんとできない」私は悩んだ。

彼は私のすべてに不満だった。家事も、仕事への打ち込み方も、休日の過ごし方も、彼の両親への態度も、すぐに子どもを授《さず》からないことも、何もかも不満だった。

「しょうがないって思わなきゃいけないのかな？」

と、ある日、彼は私に言った。

「きみの家では、それでよかったんでしょう？」

だけどそれ、普通じゃないから、と彼はつづけた。普通じゃないってことを、わかったほうがいいから。私は、自分自身を責められるよりも困惑した。

彼は私に不満があるとき、私の実家や両親を悪く言うことを覚えた。それがいちばん私を傷つけた。結婚していた二年の短い間、彼は一度も私の両親に会わなかった。会ったのは婚約を伝えた日と、結婚式の当日だけだった。彼は私が独りで実家に行くことにも同意しなかった。たしかに私の実家は日帰りが難しいところにあるけれども、私が行きたいと言うと、なんやかやと行けない理由を並べ立てた。

結婚して半年で仕事を辞めることになった。仕事を辞めるなんてことは、結婚当初は頭の片隅にもなかったのに、わずか半年で、とても続けられない状態になった。彼の父親は相変わらず、会えば、子どものことばかりだったし、何より彼が私のすべてに不満だったからだ。

「僕が辞めろと言ったわけじゃないでしょ」

のちになって彼は何度も言った。たしかに「仕事を辞めろ」と直接言われたことはなかったが、「ぜんぜんちゃんとできない」私が、彼を満足させるためには、仕事なんかしてはいられないという気持ちにさせられていた。でも、辞めるべきじゃなかった。外の世界を失って、私はどんどん壊れていった。

仕事を辞めようかと思うと言ったときは、彼は喜んだ。

「きみには両立は無理だよ。どっちつかずになる」

と言って、そのときばかりは歓迎した。でも、その後、不満がおさまらなかったので、こんなふうに言うようになった。

「結局、きみは何に対してもそうだよね。きちんとやるってことができない。仕事だって中途半端で放り出したじゃない？」

彼はたったの半年で、私から自信を奪った。でも、「奪うぞ」と言ったわけではないし、暴力を振るったわけでもなかった。彼に言わせれば、私が「勝手に自信をなくした」のだし、そもそも私に「自信など持てるわけがない」のだ。なぜなら私は何も「ちゃんとできない」からなのだった。

あのころの、彼の私に対する暴言や、私の両親に対する暴言、私の叔母が独身であることを聞いたときの彼の父親の暴言、彼の母親のねちねちした嫌みは、みな静かな口調でなされた。彼らの言葉は真理のように響いた。私は彼に、死ねとか、出て行けとか、くそあまとか、言われたことはなかった。手を上げられたこともなかった。

だから、ずいぶん長いこと、私は自分だけを責め続けた。私が育ちが悪く、気が利かなくて、不器用で、頭が悪く、粗忽で、常識がなく、その上病気で、まともに考えることもできないのだと思っていた。

おそらくいまでも、彼は自分が悪かったなんてまるで思っていないだろう。

彼は私が心療内科を訪ね、精神安定剤を処方されて、少しずつ自分自身を取り戻したことを知らない。鬱状態を克服してから、冷静に考えて、離婚を切り出したことを知らない。

何を言っても、

「きみ、病気なんじゃないの？」

と言って取りあおうとせず、私が自分の人生を取り戻したいのだと訴えても、なんのことやらわからないという顔をしていた。

私自身、これだけのことでは離婚は成立しないのじゃないかと不安だった。私が勝手に落ち込み、勝手に傷つけられた気になっているだけなのかと、日々不安でたまらなかった。

だから、私宛に知らない女性から、女の人といっしょの彼の写真が添付されたメールが届いたときは、ショックと同時に何か高揚してくるものがあった。何かが決壊したような、突破口が開いたような、そんな感じ。

自分の存在を知ってほしかったのだと、そのメールの送り主は書いてきた。彼女のことをたずねたとき、彼は、かなりひどい口調で私を罵《ののし》ったが、静かにため息を吐かれたときよりも、ずっとラクだった。

それからしばらくして、彼は離婚に応じた。慰謝料ももらわなかったけれど、私は救われた。別れてから彼には会っていないし、思い出すこともなかった。恵美に言われなければ、永遠に思い出したくなかった。

だから、これから先も、思い出すことはないだろう。

「塔子ちゃん、塔子ちゃん」

二度、呼びかけられて、顔を上げると恵美がいた。

「そろそろ、お店に戻らなきゃいけないんじゃない？」

時計を見ると、ランチ休憩の時間が終わりかけていた。

「ありがと、塔子ちゃん。ここは払っとくから、早くお店に戻って」

「気、遣わないでよ」

「いつも励ましてもらってたから。お礼。いいから早く行って。話いっぱい聞いてもらったから」

「じゃ、この次は、私がおごる。お祝いする」

「ありがと。そのときは、飲むよ！」

そう言う恵美を残して、少し小走りで店に戻った。

業者から届いた花をブリキの長バケツに入れて店の外に並べていた夫が、私の姿を見つけていつものように、にっこり笑った。

＊

猫は複数排卵なので、同時期に複数のオスと交尾すると、父親の違う子猫を産むことがあるのだそうだ。そんなことは人間にはまるで起こらないのかと思っていたら、たまたま複数排卵したときに複数の男性と関係を持った場合、父親の違う双子が生まれたりすることが、まれにはあるのだという。

そんなことにはならなければいいけど、というのは、双子は困るという意味だけど、一人でも生まれてくるのがどっちの子かわからないのは、どうしたものか。

不安なのは二人ともゴムなしだったことで、でも、ここ三ヵ月くらいずっとなしのヒトと、たった一回だけ（というか、正確には二回だけ）なしのヒトとでは、どちらが妊娠にたどり着きやすいのだろうか。

しょっちゅうしているのに妊娠しないならば、相性が悪いのかもしれないから、案外、回数は少なくても抜群の相性のヒトとのほうが、子どもができやすいのかもしれない。でも、三ヵ月というのは、すごい長い期間とは言えなくて、結婚した人が通常不妊と呼ばれるのは、一年だか二年だか子どもができないことだった気がするから、三ヵ月で妊娠というのは、すごく普通というか、相性はまあ良しと判断していいに違いない。そこへいくと、たった一回で（つまり、二回で）妊娠するってことは、マンガとかにはよくあるけれども、そうはないことじゃないか。たぶん、三ヵ月なしのヒトのほうがお父さんだと思っていいのではないだろうか。

だけど、どちらにしても妊娠してしまったということは、膣外射精には意味がないのか。ゴムが嫌いなので、ずっとずっとそうしてきたけれど、いままで妊娠しなかったのはどういうことなのか。いままでずっと妊娠しなかったのに、今回妊娠したということは、やっぱりたった一回で二回のゴムなしのヒトが、普通のほかのヒトに比べて失敗しやすいタイプと考えられるだろうか。

しかし、失敗でいえば、三ヵ月ずっとゴムなしのヒトがそういえば一回ほんとに失敗して、あーどうしようと思って、生理が来るまですごく心配だったことがあった。あのとき、なんか言われたっけか。できちゃったら結婚しようとか、そういうこと。

なんにも言われなかった気がする。というか、言われなかった。

いますごい結婚したいかというと、べつにそういう感じでもなくて、このままずっとここに住み着いてるのも悪くないかなあと思ってたけれど、さすがに三ヵ月もいると飽きてきて、ちょっと出かけてみたらそういうことになってしまったから、気分的には結婚はまだかなあと思う。

でも、梨々花《りりか》は、するんだったら三ヵ月ゴムなしのヒトのほうがお勧めで、一回で二回のゴムなしのほうは非正規だし将来性ないから結婚はぜったいしないほうがいいから、ちょっと加齢臭があっても我慢して経済力あるほうのヒトを選んだ方がいい、子どもにとっても金持ち父さんか貧乏父さんかは将来的に大きいことだから、愛だけでミナモトくんを選んだらダメだよと、眉間《みけん》にしわを寄せて言うのだった。

愛ってほどのことはないけど、見た目とかフ、イ、ン、キはミナモトくんのほうがぜったいよくて、ひょろっと背の高いミナモトくんが小さい赤ちゃんを肩にぽんと乗せて歩く後姿とかはすごいカッコいい気がするから、結婚と言ってイメージできるような生活みたいなものは、たぶんというかぜったい三ヵ月ゴムなしのヒトより、いいなあと思える。

ただ、いま、子どもができたことを話しても、ミナモトくんは産みなよと言ってくれない気がして、すごいびびって逃げちゃったりしそうだから、そうなると、年取ってるほうのヒトはやっぱり社会的な責任とかもあるわけだから、どうしてくれるんですか、あなたがお父さんなんですよと詰めよれば、じゃ、結婚しようということになるだろう。

堕《お》ろして、と言われる確率はどっちが高いかというと、たぶんミナモトくんかもしれないけど、どっちにしても私はもう堕ろす気はない。じつは、膣外でということになるよりももっと前に、一度、何もわからない、方針を決めない状態で十代のときに妊娠して堕ろしていて、あれをもうやりたくないという思いが強いから、ぜったいに外出しだよと言って、それだけは守ってもらっていままでやってきたから、ほんとはちゃんと子どもは結婚したら作ろうとか、そういうところはわりと考えが古いっていうか、自分で言うのもなんだけど、しっかりしているみたいなところもあるのに、妊娠してしまったから、それはそれで非常に悩んでいる。

だけど、そろそろ産んどいたほうがいいかも。まだ先のこととはいえ、うっかり三十になってしまって、あのとき産んでおけばよかったと後悔したりするのは嫌だから、潮時というか、授かりものなので、安定期来るまで二人には話さないつもり。

となるとやっぱり、経済力だろうか。それは、そうに違いない。ミナモトくんは、別れるという感じでもなく、ときどきなら会ってくれそうだから、そこは心配ない。

ただベビーがいると、あのタワーマンションはどうなのかなあと思う。

三ヵ月ゴムなしのヒトは都内に実家があって、そこをもらうみたいなこともありだと思うけれど、ネックなのは、その家には、化け猫みたいなお母さんが住んでいることだ。しょっちゅう食べ物を持ってくるので、こっそりのぞき見したけど、ヒョウ柄のインナーとか着ていて、猫が治療のときにつけるエリザベスカラーみたいに襟《えり》を立ててジャケットとかも着ていて、うわあ、どうしようと思った。目が大きくて吊り上がっているところが、めちゃくちゃ化け猫っぽい。行ったことはないけど、あの化け猫感ハンパない人が住んでいる家って、ちょっと入りにくいから建て替えてもらって、お母さんはそろそろ施設とか入ってもらったほうがいいけど、そんなことダイレクトに言ったりするのは、さすがに無理だから、もしほんとうに結婚することになったら、あの化け猫を少しずつ弱らせる方法を本気で考えなくちゃならないかもしれない。

そういうことを総合的に考えていくと、結婚ってなんだかめんどくさい。でも、すごくだいじなことだ。生まれてくる新しい命のことを考えると崇高な気持ちになるので、結婚についてもまじめに考えようと思えてくる。

ローゼンブルクで恋をして

「お父さんなあ、終活というものをしてみたいんだよ」

馬淵《まぶち》ひろしは、ぽつんとつぶやいた父の言葉を思い出した。

「してみたいとかっていうようなことじゃなくて、したらいいんじゃないの？」

ひろしはからかうように答えた。

「そうかなあ。ひろし、ほんとに、お父さん、してみてもいいと思う？」

しわの寄った小さな目で見つめてくる父の真意がわからずに、

「ああ」

と、答えたが、

「だけど、どうだろうかなあ。やっぱり、迷惑かなあ」

そう繰り返す父の横顔からは、なにを躊躇《ちゅうちょ》しているのか読み取ることはできなかった。

父の馬渕豊《ゆたか》は四年ほど前に五歳年下の妻を病気で亡くした。当年とって七十四歳で、子どもは一人っ子のひろししかいない。ひろしは今年三十歳になる。

ひろし自身の結婚は、両親と比べても、同世代の誰彼と比べても、早い方だったと言えるかもしれない。二十四歳のときに、高校の同級生だった紗枝《さえ》と一緒になり、三年間は二人の生活を楽しもうと言っていたのに、避妊に失敗してすぐ長男ができた。予定よりも早かったけれど、子どもを授かるのは嬉しかった。いま、その長男は保育園通いをしていて、紗枝のお腹には次の子がいる。長男の記憶には残らないかもしれないけれど、亡くなった母に孫を抱かせてあげることができたのだから、馬渕家では、避妊の失敗も怪我の功名ということになった。

一人になってから、父の豊は、妻と二人で暮らしていたマンションを解約して、小さいアパートに転居した。若く、小さな子どもを抱えた息子夫婦に、同居という選肢は浮かばなかったし、身の回りのものを整理して気楽にやりたいという父の意向を、息子は歓迎した。父はまだ若かったし、妻を失って老け込むようなことになってほしくはなかった。

息子夫婦の家からは、電車を乗り継いで五十分、車でも四、五十分かかるほどの距離の、都心の一角にある小さなアパートが、父の豊の住まいになった。若いころ、上京したばかりのときに住んだ界隈だそうで、目の前には川が流れている。川沿いには桜の木が植えてあった。春には満開の花を咲かせ、季節ごとに葉の色づきを見せてくれるその場所が気に入って、彼はそこを終《つい》の棲家《すみか》にするのだと言っていた。

なんでも一人でやれるから、心配する必要はない、見に来なくてもいいと、口癖のように父は言っていた。孫の顔が見たくなると自分から電車に乗って訪ねてきた。それも、邪魔になってはいけないと思っているのか、ベビーシッターはいらないかなと、事前の電話をかけてくる。最初のうちは、だいじょうぶですとか、とくにいらないんですとか答えていた紗枝が、

「おじいちゃんは麻人《あさと》の面倒を見たいのかもしれない」

と言い出し、保育園のお迎えを頼んでみたら、うれしそうにやってきた。そして、紗枝が帰宅して、食事をいっしょにどうですかと誘っても、手のひらをゆらゆらさせて、いいんだよと帰っていく。じいじと孫の麻人がどんな会話をしているのか、だから、ひろしも紗枝もよく知らない。ふた月に一度くらいは、

「ベビーシッターはいらないかな」

と電話をかけてきて、それじゃあ、来週の金曜日にお願いしますと頼むと、いそい

そと出かけてきて、そしてまた帰って行く。残業続きで帰りの遅いひろしが父親に会うことは、めったにない。

　それでも、母親の一周忌だの三回忌だの、法事では、顔を合わせる。父親が「終活」がどうのこうの言い出したのはたしか、三回忌を終えた年の九月で、彼岸花《ひがんばな》の名所のある母の墓に詣《もう》でた帰りだった。母方の祖父が建てた馬淵家の墓は、晩年はつましかったひろしの父母には少しそぐわないほど大きくて立派だ。

　父と母の結婚は見合いだったと聞いている。でも、母の父、つまり、ひろしの祖父が経営する製本会社に経理担当で入ってきた父に母のほうがその気になり、祖父をせっついて見合いをさせたという話もある。父のほうは自分の生家とあまり折り合いがよくなくて、三男坊だったこともあり、馬淵家に養子にという話ものんでくれそうだったので、娘も会社も面倒みてくれるに違いないと、経営者が婿《むこ》に指名したわけだ。

　父の豊が無能だったわけではけっしてないのだが、紙媒体がどんどん衰退していく時代にあって、製本会社は斜陽産業だった。祖父の時代には日の出の勢いだった個人経営の会社は、父の代になって多額の負債を抱え、最終的には倒産した。父と母が、ひろしも育った家屋敷を処分して２ＤＫの賃貸住宅に引っ越したのは七年前のことだった。もちろん、工場も事務所も売ることになったが、さすがに墓までは手放さなかったから、大きな墓が残ったのだった。

父母の夫婦仲はけっして悪くなかったと、ひろしは思う。ただ、ひろしの知っている二人は、自分と紗枝のような学生時代の恋愛の記憶をたっぷり持ったカップルなどではなくて、事業のパートナーのようだった。二人とも製本会社で働いていて、それが生活のほとんどすべてだったから。でも、何一つ共通の話題のない夫婦があることに比べたら、ひろしの両親に会話が途絶えたことはなかった。彼らはお互いによく理解しあっていて、噛《か》み合った会話をしていた。仕事のことで喧嘩《けんか》もしょっちゅうしていたけれど、いつも力を合わせて難題を解決する同志でもあった。

母が亡くなって、父が川沿いのアパートで一人暮らしを始めるようになり、何かが変化したように、ひろしには感じられた。それが何かはわからなかったが、父の表情に変化が現れた。父は自転車を手に入れて、あちこち出かけるようになった。それから近所の図書館で、長いこと読書をするようになった。仕事ばかりしていた父親が、一人の生活を楽しみ始めたのは、息子にしてみれば悪くない兆候と思われた。

ただ、ときどき自分の知らなかった父親が現れるような、不思議な気持ちになることがあった。もちろん、気に留めるほどの変化でもなかったのだ。突然、父が消えてしまうまでは。

父がいなくなったことに気づいたのは、まったくの偶然による。

職場でお世話になった上司の退職祝いをすることになり、酒は飲まないまでも少しは顔を出しておきたいと考えた紗枝が、そういえばしばらくおじいちゃんのベビーシッター登板がなかったことに気づいて、舅《しゅうと》の家に電話をしたのが最初だった。

普段なら、留守電を入れておけば折り返し連絡してくれるのに、夜になっても電話がなかった。翌日もう一度電話を入れたが、やはり留守電で、折り返しの連絡がない。少し疑問に思って、紗枝はひろしに相談した。ひろしは父の携帯に連絡した。こちらも留守電だった。

折り返しの電話は来なかったが、その代わりに夜になってひろしの携帯にメールが届いた。

「すまん。いま、お父さん、終活をしている。しばらく帰れません。父」

ひろしはしばらくその文章をじっと見つめ、それからもう一度、父の携帯に電話した。今度は電子音声が、

「ただいま、電話にでることができません。お掛け直しください」

と言った。

ひろしと紗枝は困惑した。とりあえず、父の携帯にメールを打った。

「お父さん、いまどこにいるの？　終活って、何？　しばらくって、どれくらいのこと？　妙なことになってないよね？　いちおう、連絡先（宿のとか？）教えておいて」

「妙なことになってないよね」というのは、ひろしがしばらく考えてひねり出した一文だった。「犯罪に巻き込まれたりしてないよね」と、最初は書いたのだけれども、なんだかダイレクトすぎる気がしたのだ。しかし、何がどう、「ダイレクト」なのか。

一日置いて、父からまたメールが来た。

「十日したら、戻ります。必ず帰る。心配しないでくれ。お父さんは元気です。父」

その後、また携帯は繋がらなくなった。電話はかかるのだが、父は出ない。

若い夫婦は混乱したが、ともかく十日したら考えようということになった。彼らの生活もそれなりに忙しかったし、父の豊は健康にも問題のある人ではなく、一応、携帯で連絡があったことを考えれば、認知症になって徘徊《はいかい》しているという話でもなさそうだった。父が何を「終活」と呼んでいるのかは不明だったが、何か意志的な活動をしていて、それに十日間かかると考えるのが妥当だった。ただ、単に旅行に出たのなら、勿体つけて妙な流行《はや》り言葉を使わずに、そう言ってほしかった。帰ってきたら、多少の嫌味を言ってやろうと、ひろしは決意した。

ちなみに、「終活」とはなんだろうと思って、若夫婦はネットで検索した。

「エンディングノートを準備しましょう」

というようなことが、書いてあった。そのノートには、

「大切な人へのメッセージ／資産の分配、処分について／延命治療をするかどうか／葬儀の執り行い方／臓器提供の意思の有無／病名告知／自分が死んだら家族も見ないで処分してほしいもの（パソコン、手紙など）／介護の仕方への注文／友人・知人リスト」

などを書くのだともあった。

「お義父《とう》さんは、どっかに籠《こも》ってエンディングノートを書いているんじゃないの」

紗枝は、とりあえず目の前の情報を端から足して、このような結論に至った。

「十日もかかるかな」

ひろしはそう言って顎に手をやった。

「そりゃ、かかるでしょ。もっとかかるかもよ」

自信を持って、紗枝はうなずいた。

そこで、若夫婦はそれ以上考えるのをやめにした。

「わかった。気をつけて。終活を楽しんで。どのへんにいるのかだけでも、気になるから教えといて」

ダメ元でメールをしておくと、数日経って父から返事が届いた。

「ヒューゲルベルクとブライテンインゼルの間あたり」

馬淵豊はそのころ、南ドイツの牧草地帯を旅していた。わけではない。

彼は瀬戸内海に面した町で、選挙運動のボランティアに従事していた。

東薔薇《ひがしばら》市の市議会議員に立候補していたのは、三十八歳のシングルマザーで、不祥事で辞任した市議の抜けた穴を埋める補選で出馬し落選したときから数えて二度目の挑戦だった。どちらも無所属での立候補だが、今回は二つの政党の推薦を取りつけていて、有力候補に名乗りを上げていた。

というのも、彼女のキャラクターに、どこか有権者の胸を打つところがあったからだ。

まず、彼女は魅力的な容貌をしていた。女性アナウンサーのような目立つ美人ではなかったが、ふっくらした顔に一重の目が、いかにも優しそうな人柄を感じさせた。

蜜柑《みかん》箱の上に立っても背の高い人に埋もれてしまう、小柄で、でもころっと丸みのある豆タンクのような体型も、支援者たちに「応援したい」と思わせるところがあった。

中学生の女の子と小学生の男の子を育てているお母さん候補は、短い髪を耳にかけ、白いパンツにビタミンカラーのジャケットをひっかけて走り回っていた。演説に回るときに、彼女はしばしば電動アシストつきの自転車を使った。

それから彼女はよく通るアルトの声をしていた。抑揚のある、ウィットにとんだ演説は、道行く人を笑わせもしたし、講談師のようにここぞというときに畳みかけて、聴衆の涙を誘うこともあった。熱心で、温かみがあり、誠実な人柄が声と言葉に表れているように、彼女の話を聞いた多くの人は思った。

彼女がシングルで子どもを育てているのは、二番目の子どもを出産した直後に連れ合いを亡くしたからだった。あきらかに問題のある働かせ方をする会社での過労死とも考えられる事故死だったのに、会社が勤務中の事故死と認めずに労災がおりず、彼女は弁護士を立てて闘わなくてはならなかった。

そのときの経験から、働き方の問題に関心を持ち、シングル親家庭の援助や子育て環境のあり方にも目を開《ひら》いていった。小さな子どもたちを抱えて資格を取り、介護職につき、ケアマネジャーにまでなった、努力の人でもあった。子どもの学費を捻出《ねんしゅつ》するために、弁当屋や居酒屋、スーパーのレジ打ち、新聞配達など、いくつもの仕事を掛け持ちしたという。一人の子どもを背負い、一人を自転車の幼児イスに座らせて新聞配達をこなした経験から、働く母親が安心して子どもをあずけられる環境の整備に力を入れたいという彼女の政策も、道行く人の耳に訴えた。

市議会議員の補選を戦っている小柄な働くシングルマザーが注目されるようになったのは、一本のユーチューブ動画だった。

「ゆかママ、前へ！」という、右上がりのデザインの文字の鮮烈なタイトルが、碧《あお》い瀬戸内《せとうち》の海を背景に現れて、前進するようにせり出してきて消えると、軽快な音楽をバックに、精いっぱい自転車を漕《こ》いで風情豊かな海辺街を走る彼女の姿が映る。介護施設や学童保育、保育園、公民館での市民との交流の場などで、笑顔を絶やさずに対話する彼女が映し出されて、経歴や政策がわかりやすくクローズアップされる。

そんな中で目を引いたのは、彼女をボランティアで応援する人たちの声だった。彼女の人柄や政策に共鳴して、無償で応援に駆けつけた人々は老若男女問わずいて、中にはほんとうにしわだらけで車いすに乗ったお年寄りもいれば、髪を茶色に染めたヤンキー風の男の子もいた。いっしょに子どものための活動をしているというママ友も、彼女の姿勢と運動を応援しているという中年の男性弁護士も、これから子どもを持つ予定だという若い夫婦もいた。それぞれが、少しお国言葉の入った朴訥《ぼくとつ》な語りで、なぜ「ゆかママ」が市政に必要だと思うか訴えていて、そのために自分がなにをしているかも、照れくさそうに語った。その動画が、「東薔薇市のシングルママ候補、手作りの選挙戦とでこぼこフレンズたち」というキャッチがついて、何万回となく視聴され、ついには週刊誌にも取り上げられることになった。その動画のおかげで、「ゆかママ」こと、「桐野《きりの》ゆか」の名前は、市議候補にして全国区になった。

ちなみに、動画を制作したのは大阪の芸術大学に通う地元出身の大学生で、高校時代に参加した平和教育関連のイベントで彼女と出会い、進学相談や家族の悩みなども打ち明ける仲になって、この彼も無償で一肌脱いだという話だった。

「この人のためなら何かしようという気持ちになるし、この人ならその気持ちにこたえてくれるという信頼みたいなのがある。気さくに何でも話せるだけじゃなくて、話すとなんか元気出てやる気になる。そういう人は、ぼくの周りには、ゆかさんしかいない」

動画に、アップルのパソコンを背にしたこの大学生も出演して淡々とそう語った。彼が何か言うたびに、横でニコニコうなずいている大学の同級生のガールフレンドも好感度を上げるのに貢献した。

その動画を、馬淵豊がいつどこで見たかというと、一年半ほど前、家の近所の図書館にノートパソコンを持ち込んで、両耳にイヤホンをつっこみ、老眼鏡と一本指を頼りにネットサーフィンをしながら偶然見つけたのだった。

「ゆかママ、前へ！」

ビートのきいたアップテンポの音楽とともに始まるこの動画を、彼はまるで何かにとりつかれたかのように何度も何度も見ることになった。

健康的な小麦色に灼《や》けた丸い顔、一重の両目、いつも微笑みをたたえている口元、優しく、ときに力強い、アルトの声。

胸が熱くなり、ドキドキして、長い長い吐息が、彼の口から洩《も》れた。

一度見終わると、また再生をクリックしないではいられない。アイドルにのめり込む感覚というのは、これに近いのだろうかと彼は自問した。

しばらく釘付けになってから、彼は気づいた。

桐野ゆかという女性が、まさに彼の理想を体現した存在であることに。誰にでもあることだけれども、馬淵豊にも、若い頃から、一貫して、偏向した好みの顔やプロポーションのタイプというのが存在して、桐野ゆかは、そういう意味で彼にとって完璧だったのである。あの優し気な細い目。ちょっと上を向いた鼻、笑いだしそうな、ぽってりしたくちびる。ゴムまりを思わせる、小さくて弾《はじ》けるような健康的な体。もちろん、それだけじゃない、と彼は心の中でつぶやいた。

もちろん、それだけじゃないぞ。見ろ、この人柄の良さを。知性を。勇気を。判断力を。実行力を。お母さんとしての温かみと力強さを。

誰にも見られていないのに、彼は自分が彼女の容姿に惹《ひ》かれていることを、こっそり恥じた。二年後には後期高齢者になろうという男が、四十歳近くも年下の女性の見てくれを気に入っているというのは、恥ずべきことだと感じられた。でも、一方で、彼のゆかママへの思慕《しぼ》は、容姿を崇《あが》めるといっても、生臭いような感情は一切なくて、パソコン上で眺めているだけで癒《いや》される、一種信仰の対象みたいなところまで行っていた。

馬淵豊は苦笑した。この感覚はまさに、初めての恋を思い出させた。半世紀以上も前の、帰らない日々を想起させた。

すっかり、ゆかママのファンになった彼は、その動画だけでなく、彼女が映っているものがあれば、軒並み検索して視聴した。どんなに小さいものでも、インタビュー記事を目を凝らして読んだ。

中には、彼女の幼いころから現在までを振り返るロングインタビューなどもあって、これも彼は、食い入るようにして読んでしまった。

――生まれたのは北海道の小さな町です。父は俳優で、地方公演のときに知り合った母に一目惚れして結婚。母を連れて旅公演を重ねているうちに、その町が気に入って俳優をやめ、喫茶店の雇われ店長になりました。でも、もともと落ち着きのない性格だったんだと思います。私が中学に入った年に、父は家を出て別の女性のところへ行ってしまいました。残された母が、女手一つで私を育て、高校も行かせてくれました。つまり、私もシングルマザーの子どもなんです。私がいま、子どもたちを一人で育てられるのは、母を見ていたからだと思います。その母も、私が高校を卒業して、食品会社に就職した年に肝臓癌《かんぞうがん》で他界しました。我慢強い人だったから、体調がほんとに悪くなるまで働いていて、病院に行ったときはもう余命が数週間と言われてしまいました。だから、シングルマザーのサポートや、健診、医療支援の整備などを私が訴えるのは……。

馬淵豊は、ウェブサイトに掲載された、そのなんでもないインタビューを読んでいるうちに、涙があとからあとから溢《あふ》れてきて止まらなくなっていることに気づいた。うっかり、図書館でそれを読んでしまった彼は、大いそぎでポケットからしわくちゃのハンカチを取り出したが、咳ばらいをして落ち着こうとしたところで、なんと嗚咽《おえつ》が漏れだした。

隣に座って受験勉強をしていた高校生が冷たい視線を投げ、向かいにいた同世代らしき男性は同情したのか、

「花粉ですか」

と言いながら、駅前で配っているティッシュペーパーを差し出した。

四六時中、ゆかママのことを考えるようになってしまった彼が、「ゆかママ、勝手に、電話で応援！」にたどり着くのは時間の問題だった。

それは、選挙応援ボランティアの一つの方法で、「電話で応援！　事務局」に電話やメールで連絡してボランティア登録をすると、三十件とか五十件とか、まとまった数の電話番号が送られてくる。その番号の一つ一つに連絡をして、

「今度の日曜日、東薔薇市長選と市議会議員の補欠選挙があるのをご存知ですか？　市議会議員は誰に投票するか、もう決めていらっしゃいますか？　もし、まだお決めでないようでしたら、働くシングルマザー、桐野ゆかをご紹介させていただけません

か?」

といった話をする。

胡散《うさん》臭いと思われていきなり切られてしまうこともあるけれど、話を聞いてくれる人もいる。何十、何百、何千と電話しなければならないから、ボランティアの数は多いほどいい。しかも、このボランティアなら、東薔薇市に住んでいなくても、電話さえあれば引き受けることができる。

そこで、補選の間中、彼はアパートに籠って電話をかけ続けた。

「もしもし、今度の日曜日、市議会議員の補選があるのをご存知ですか?」

こうして馬淵豊は、猛然と見も知らぬ東薔薇市民に電話をかけまくったのだが、桐野ゆかは、惜しくも敗北を喫した。

そのときも彼は、アパートで一人、泣いた。

そして、

「ボランティアでのご協力、ほんとうにありがとうございました。今回、当選はなりませんでしたが、みなさまにいただいたご支援、みなさまにいただいた票の重みを感じながら、桐野ゆかは活動を続けてまいります。」

と、わざわざ手書きの葉書が届いたときにも、また泣いた。机の前のコルクボードの、数枚の家族写真の隣に、桐野ゆかの笑顔が印刷された政策チラシをピンで留めた。そして引き出しの奥から古いモノクロの写真を取り出して、それもコルクボードに貼った。

一年半の時が過ぎ、こんどは補選ではなく、市議会議員の改選が行われる時期がやってきた。馬淵豊に何もしないという選択肢はなかった。そしてもう、「電話で応援！」だけでは、ぜんぜん気が済まなくなっていたのだった。

彼女の再出馬が確定すると、心を決めた。定期預金を一つ解約して軍資金にし、新幹線と在来線を乗り継いで東薔薇市へ出かけ、駅近くのパッとしないビジネスホテルに拠点を定めた。

そして、桐野ゆかの選挙事務所に出かけていき、ボランティア登録をした。

「俺のォ、田舎《いなか》はァ、フェルゼンハントだけどォ、高校はァ、パラストブルクでェ、いちおう、大学はオストハウプトシュタットに行ったわけよ。オストハウプトシュタット大学じゃないよ。オストハウプトシュタットの、大学に行っただけ」

馬淵豊は、桐野ゆか事務所で、黙々と選挙葉書に宛名を書いていたが、隣に座った金髪で歯の欠けた若い男は、そうしてしきりに話しかけてくるのだった。

「まあ、君も、無駄なおしゃべりをしないでやりなさいよ」

年長者の威厳を保ちながら、彼は若い男に注意した。

「でェもォ」

と、若い男は反論した。

「こういう単純作業は、話しながらやらないと、地味すぎて楽しくないじゃん」

「そりゃそうじゃけど、あんた、さっきから何言ようるの」

五十がらみの女性が応じた。

「おばさん、田舎どこ？」

「私はこのあたりよ。生まれも育ちも、嫁に来たんも、このへんよ」

「じゃ、おばさんは、ブライテンインゼルの人。生まれも育ちもブライテンインゼルの人。もっと言うなら、オストローゼの人」

「ブライテン？」

「インゼル」

「それは何？　何を言ようるの？　何語？」

「おじさんも、ここの人？」

「私？」

馬淵豊は若い男にいきなり、おじさん呼ばわりをされたことで、若干、眉をひそめた。

「馬淵さんと言ってほしい。おじさんというのは、いきなりは失礼だろう」

「じゃ、おばさんは？」

「私？　野村《のむら》さん。野村よう子さん」

「俺は、名前だとね、ブラウベルクなの。青山《あおやま》。下の名前はユキト。こっちは片仮名だから翻訳難しいな。ね、馬淵さんはどこの出身？」

「茨城《いばらき》だね」

「すげえ。いちばんかっこいいよ。ローゼンブルクだもん」

ユキトと名乗る男は、かっこいい、かっこいいと繰り返し、カラカラ笑った。男はなかなか種明かしをしなかったが、その場にいたスタッフ一人一人に出身地を聞いてからようやく、インターネットで見つけた、

「全国の都道府県名をドイツ語にすると無駄にかっこいい」

というブログ記事を見て、ドイツ語に翻訳した県名を頭から覚えたのだと告白した。

それを聞いた人はそれぞれ、もう一度、自分の出身地のドイツ語訳を教えてほしい

と言い出した。

「馬淵さんはローゼンブルク。薔薇の城っていう意味ね」

再び、ユキトがそう言うと、唐突にローゼンブルク時代の甘やかな思い出がよみがえるような気がしてきた。

彼の思い出の中のローゼンブルクには、薔薇の花ではなくて梅の花が咲いていた。偕楽園《かいらくえん》の梅の花が美しく咲き乱れて、その中を若い馬淵豊と桐野ゆかが談笑しながら歩いているようなシーンが思い浮かんだ。

もちろん、突発的な妄想に、彼自身も驚いたが、その妄想を破るようにして、本物の桐野ゆかが事務所に入ってきたので、彼はすこぶる動揺した。

「おつかれさまです！」

誰より大きな声でそう言って、ゆかママこと桐野ゆかは現れた。

彼女は朝早くからあちこち演説に回り、市民と握手や対話を重ねていた。疲れているに違いないと馬淵豊は思いやったが、選挙運動特有の高揚感があるのか、彼女はむしろウォーミングアップを済ませたスポーツ選手のように元気だった。

「ありがとうございます〜。葉書、けっこう枚数あるんですよね、これが」

そう言って近づいてきたゆかママからは、なんだかとてもいい匂いがした。

「あのね、こちらは馬淵さんといって、ローゼンブルクの出身なの」

ユキトは、なれなれしい口調で彼女に紹介した。初めて目の前で彼女を見た馬淵豊は舞い上がってしまい、口もきけず、どうしたらいいかわからなくなって、ひたすら頭を下げた。

「えー、ユキトくん、まだ、それハマってるの～？」

からかうような、たしなめるような、それでいて、面白がっているような彼女のリアクションがその場を和ませて、みんなはひとしきり笑った。またすぐ出かけなければならないから、ここで素早く腹ごしらえをしてくれと、秘書の男性が呼びに来て、隣室に引き上げるまでの間、ゆかママは楽しそうにユキトや野村よう子さんと世間話をしていた。馬淵豊にも気さくに選挙戦の話をした。

その日から、彼はゆかママとともに走り続けた。

事務所で事務作業をすることもあれば、演説して回る彼女について自転車で起伏の多い町を駆け巡る日もあった。また別の日は、事務所に籠って電話もかけまくった。放課後にやってきて事務所の片隅で辛抱強く母親を待っている姉と弟の宿題を見てやることさえした。

選挙戦が後半に入ると、周囲の熱気が有権者に伝わったのか、ゆかママに演説後に握手を求める聴衆の数も増えた。いい空気ができていた。前回とは違うと、事務所のスタッフは口々に言った。

その矢先だった。あの妙な噂が出回ったのは。

桐野ゆかが隣町の市議である梶川雄平《かじかわゆうへい》と不倫をしている、というのだった。週刊誌に出たわけでもないのに、それは唐突に広まった。おもに主婦たちの噂話として火がつき、小さい町のことなので一気に広まった。次にSNSに写真が上がった。二人が酒を飲んで笑っているものと、彼女が酔っぱらってしなだれかかっているように見えるものと、二枚の写真だった。写真は二日ほどするときれいさっぱり削除されたが、噂は残った。

梶川雄平は、根拠のない噂だとすぐに反論し、悪意のある中傷なので、法的措置に訴えることも示唆《しさ》した。しかし、噂の出所がはっきりしなかった。

桐野選対も対策を迫られた。あと何日もない選挙戦で噂を覆す一発逆転的な方法があるとは思えなかった。演説の最初に土下座して訴えるといった作戦が真面目に話し合われたが、いくらなんでも、まったく何もしていないのに土下座まですれば、不倫していましたと告白しているように見られるだろうと、最終的には退けられた。

「梶川さんとお酒を飲んだんは、不注意じゃったねえ、写真まで撮られようたんじゃし。そこは素直に、市民のみなさんに謝罪せにゃあ、いけんと思わん？」

野村よう子さんは最後まで主張した。

「勉強会の後のお疲れ様会でしょ。二人だけで飲んでるんじゃないんだよ。いっぱいいるんだよ、いっしょに飲んだ人は。たまたま写真が二人を切り取ってるだけだよ。明らかに選挙妨害だよ。相手がはっきりするなら、裁判に訴えたっていいところじゃないか。なにを言ってるの、野村さん。そんなことを謝っちゃだめに決まってるだろう」

金髪のユキトが吠えるように言った。

じっと黙ってみんなの意見を聞いていた桐野ゆかは、静かに言った。

「今回のことは、降りかかった災難だと思ってる。梶川さんと勉強会の打ち上げで隣同士になったのが不運といえば不運だけど、私が選んでしたことじゃないです。もう選挙戦も終盤。腹をくくりましょう。私がどういう人間かわかってもらえれば、噂は噂にすぎないこともわかってもらえる。いままで以上に、頑張って町中を回って、できるだけ多くの人と直接話して、私を知ってもらうしかないと思ってます。それで負けるなら、私に力がなかったってだけのこと。いまは、そんなばかばかしい噂には負けられないってことだけ考えて、この件は終わりにしましょう。いい結果を出して、悪意の噂を消し飛ばすしかない。頑張りましょう！」

　ふらふらしていたスタッフの気持ちが、この小柄で健康的な女性の一言に吸い寄せられていくようなのを見て、馬淵豊はいまさらながら、彼女の求心力に敬服した。

　この人はいったいどうやって、そんな人間力を身につけたんだろう。母親と二人の北海道での生活は、どれほどのことを彼女に強《し》い、どれほどのことを考えさせたのだろう。

　駅前のビジネスホテルに戻る道すがら、そんなことを考えて不覚にもまた泣きそうになった馬淵豊だったが、涙でかすむ目の前に男が一人立ちはだかって、通せんぼをするようなので困惑することになった。なぜ、通せんぼなのか。

「お前だろう」

　と、目の前の、水でふやけたような風貌の男は言った。

「ボランティア登録の住所に本町二丁目四〇と書いてあったのを見たときから不審に思っていたんだ。考えてみたら、みさわホテルの住所じゃないか。お前、辻原《つじはら》陣営のスパイだろう」

　男は仁王立ちしたうえに、指を一本伸ばして馬淵豊に突きつける、漫画のようなポーズをとりながら続けた。ちなみに辻原とは、先の補選で当選したライバル候補の名だった。

「ボランティアってのは、危険なんだよ。誰でも登録できるし、身体検査ができるわけでもない。ある程度、敵のスパイが入り込むのは織り込み済みなんだ。だから、気づいていたけど、そのままにしとったんだよ。それをいいことに、あんな妙な小細工をして。ゆかさんが序盤戦を有利にしたっていう情報が流れたとたんに、あんなことまでするとはね。恐れ入ったよ」

「なんの話ですか」

かろうじて、馬淵豊はそう質問した。目をこすってよく見ると、男は桐野ゆか選対にいる、富岡《とみおか》という名前の男だった。富岡はさらに続けた。

「ごまかされないよ。ゆかさんは若くて経験ないけど、私はこれまでもう何十回と選挙をやってきた人間だから、騙《だま》されないよ。お前がスパイだってことは、あきらかだ」

「なんだかわかりませんが、スパイじゃないですよ」

「じゃあ、なぜ、ホテルに泊まってボランティア登録してるんだよ。変じゃないか。市民でもないのに」

「市民じゃなきゃ、ボランティアできないんですか。あんた、失礼だけど、市民なの？」

「私はこの市のものではないが、中国地方の選挙はもう何十年と見てきている」

「市民なの。市民じゃないの？」

「東京からわざわざ来るなんておかしいじゃないか。あんたの目的はわかってる。告発してもいいが、あんたのことだ。証拠を残してはいないだろう」

「なんの証拠ですか。変なこと言われても困るよ」

「だから、ここから出ていけ。いますぐ。明日の朝、すぐ出ていけ」

「私がいなくなると、ほかの人、困るよ。仕事はいっぱいあるんだから」

「スパイに仕事はない。いまなら、私一人の胸のうちにとどめておいてやる。さっさと荷物をまとめて出て行くんだ」

「あんたに命令される筋合いないよ」

「ともかく、これは警告だ。明日の朝、この町から出て行くんだ。さもないと、お前があの写真をばらまいた張本人だってことを、明日、ゆかさんの前でぶちまけてやる」

「あんた、何を言ってるの。私がスパイとかいうのも奇想天外な話だけど、あの件はもう終わりにしたと、さっき、ゆかさんが言ったじゃないの。そんな話を蒸し返してどうするの。そんな余裕はないだろう、もうすぐ選挙戦終わりなのに」

「わかったな。二度は言わない。出ていけ。これは警告だ。お前のせいで、ゆかさんが落選したら、何事もなく東京に帰れると思うなよ」

「あんた、どうするとそういうわけのわからない妄想をたくましくできるかねえ。私は」

言い終わるのを待たずに、男は、

「これは警告だ！」

と言うなり、持っていた傘の柄で馬淵豊の脳天を殴りつけた。

馬淵豊は呻《うめ》きながら座り込んだ。男は傘を持ったまま走って逃げて行った。

約束の十日が過ぎても連絡が取れないので、馬淵ひろしは心配して父のアパートを見に行った。郵便受けが溢れそうになっていたから、まずはつっ込まれた郵便物をかきだした。

「見てきたほうがいい。だって、心配じゃない」

紗枝にそう言って送り出されたので、ひろしは意を決して合い鍵を使い、部屋の中に入った。整理整頓の好きな父の部屋はきれいにかたづいていた。電気コードを律義にまとめて縛ってあるコタツの上に郵便物を置くと、父が使っていた机の上を見回した。たしか、ノートパソコンを買って持ち歩き、家にいるときはその机で使っていたような気がするけれど、ノートパソコンはその位置になかった。

机の前のコルクボードに、家族の写真があった。母と三人で写したひろしの高校卒業の写真、ひろしの結婚式、初孫の麻人の写真、麻人を抱いたうれしそうな父と母の写真などなど。

それらにまじって、一枚だけ、見慣れないモノクロの写真があった。若いときの父の隣には女性が写っていたが、ひろしの母ではないようだった。それからコルクボードには、選挙のときに配られるような、Ａ４サイズのチラシがあった。元気のよさそうな女性の大写しの写真の横に、「ゆかママ、前へ！　桐野ゆか・無所属・東薔薇市議会議員立候補者」と書いてあった。

ひろしはコタツの電気コードを伸ばして電源を入れ、潜り込んで郵便物を仕分けした。たいがいが、どうでもいいような宣伝物だったが、その中に一枚の葉書を見つけて目を留めた。差出人が「桐野ゆか」だったからだ。少し考えて、ひろしはその葉書をひっくり返した。

お葉書でごめんなさい。ご住所は、「電話で応援！」の名簿で見つけました。まずはお礼です。当選できたのは、馬渕さんと支援の皆さんのお陰です。本当にありがとうございました。馬渕さんと一緒に、祝杯をあげたかったです。東京でご家族に何かあって急に帰られたと富岡さんに聞いていたのですが、作り話だったんですね。東京では報道されていないと思いますが、例の件は、梶川さんに横恋慕して相手にされなかった女の人がやったことだったと判明しました。それで富岡さんがショックを受けて、馬渕さんに疑いをかけたことを泣いて謝られました。まず、どうしても、お礼とお詫びをしたくて。どうか、富岡さんを許してあげてください。お近くにいらしたときは、ぜひぜひ事務所にお寄りください。まずは、とにかくお知らせしたくて。取り急ぎ。

桐野ゆか

ひろしは立ち上がって、もう一度机の前に行き、コルクボードに貼られた桐野ゆかの選挙ビラと、手に持った葉書を交互に眺めた。

それからモノクロの写真を眺めた。

そして、そこで棒立ちになり、しばし、考えることになった。

びっくりするくらい長くそこに立っていたひろしは、暗くなったのに気づいて父のアパートのコタツの電源を切り、コードを几帳面にまとめたあとで、整理して並べた郵便物の脇にメモを残した。

「お父さん　すみません、部屋に入りました。心配だったので。

どこに行って、何をしてたのかは、わかったような気がします。

たしかに東薔薇市は、ヒューゲルベルクとブライテンインゼルの間あたりにありますね。

帰ったら連絡ください。」

父の豊が帰宅したのは、その翌々日のことだった。頭を殴られた翌日に東薔薇市を発《た》ったが、すぐに東京に戻る気にならず、茨城に行って数日を過ごした。

馬淵豊は息子のメモを見つめ、冷蔵庫から缶ビールを取り出して開けて、一口飲んだ。

コタツの電源を入れて潜り込み、郵便物に目を通した。桐野ゆかの葉書は、いちばん上に載っていた。彼は少しだけ笑い、殴りつけられた傘の感触を思い出して、脳天を静かに撫《な》ぜた。

それから携帯電話を取り上げ、息子に連絡した。週末に父は息子を訪ねると約束した。

そして、その週末、その通りに若夫婦のマンションにやってきた。義父の顔を見ると安心して微笑んで、嫁の紗枝は長男の手を引いて出かけて行った。

「夕ご飯、お鍋にするので、買い物行ってきます〜。ひろしくんも、久しぶりに土曜出勤がないので、お二人でゆっくりしてくださいね〜」

紗枝は語尾を引っ張る話し方で、義父に友好的な態度を示そうとしているようだった。

二人きりになると息子は、

「ちょっと散歩しない？」

と、父親を誘った。

ひろしのマンションの近くにはほどよい広さの児童公園があって、馬淵豊もときどきここで麻人を遊ばせることがある。ひろしは父をその公園に連れ出した。公園の一角には、葉の落ちた梅の木が何本か植えてあった。

「最初から言ってくれればよかったのに。東薔薇市の市議会議員候補の応援に行くって」

ひろしはポケットから電子煙草を取り出して咥《くわ》えた。

「うん、だけど、なんだか説明しにくくてな」

父はブランコに腰をかけ、梅の木を眺めながら答えた。

「鉄道地図見たらわかったよ。ヒューゲルベルクが岡山《おかやま》市なんだろ。で、ブライテンインゼルが広島《ひろしま》市で、東薔薇市はだいたい二つの都市の真ん中へんだね。変なことを思いつくね」

と、息子のひろしはまず、言った。

「うん、いっしょに選挙事務所にいた若いのが教えてくれてさ。ちょっと使ってみたかったんだよ」

父は言いながら少し思い出し笑いのようなものをした。

「それでさ。あの、桐野ゆかって人は、何者なの？　俺の、腹違いのお姉さん？」

一気に核心に迫る質問を息子がするので、父は一瞬かたまった。

「悪いけど、ほんとに心配だったんで、部屋に入ったときにコルクボードの写真を見たんだ。古い、モノクロのやつ。お父さんの隣に写ってた人は誰？　桐野ゆかさんていう、あの市議候補の人にそっくりだね。あの人、お父さんの前の奥さん？　そういう人がいたって、昔、おふくろにちらっと聞いたことがあるよ」

「お前、探偵みたいだね。よく、そんなにいろいろわかっちゃったね」

父はブランコを囲む低い鉄柵に腰を下ろしている息子を、感心するように見つめた。

「じゃあ、あの人は、やっぱり」

「違うよ。お姉さんじゃないよ。子どもは前にも後にも、ひろしだけだ」

最初に言っとかなくて悪かったよなと、父は頭を掻《か》きかけて、頭にはまだ少しだけ殴られたときの傷が残っていて痛かったので、手をブランコのチェーンに戻した。

「お父さんの田舎がローゼンブルクだってことは知ってるだろ。ほとんど帰ることもないが」

「どこ?」

「ローゼンブルク」

「ああ、茨城ね」

「ローゼンブルク時代に、恋をしたんだよ」

父の口から出る「恋」という言葉は、まるで聞きなれない響きを伴ったが、ひろしは遮《さえぎ》らずに聞いていた。

――とても好きだったんだ。高校の同級生で、あの子は明るいから人気があってね。

帯を持った。

結婚してほしいと言って、いいと言ってもらえたときは有頂天になった。家電メーカーの下請けの会社で働き始めたばっかりで、給料も多くなかったんだけど、小さい所帯を持った。

子どもはできなかったんだ。なんでだかわからないけど。相性がよくなかったのかな。それで彼女は少し不満もあったのかもしれないね。大きな街に旅公演の役者さんたちが来て、それを見に行って、どうも見初められたらしいんだね、役者の一人に。経緯は知らないよ、聞いてないんだ。ある日、彼女が旅役者と消えていて、離婚届が送られてきた。

もちろんショックだったし、小さな町ではそういうのは人の噂になるし、居づらくなってお父さん、東京に出たんだ。二十七くらいだったかなあ。結婚はもう、いいと思ってたんだけど、お母さんと出会ったときはもう四十かそこらで、あんまり昔の話だったからね。気にもならなかったんだ。

お母さんのことはだいじに思ってるよ。お前ができて、いっしょに会社をやって、少しまあ、がさつだけどやさしいからね、あの人は。あの人に出会って、自分らしい人生になったと思うよ。そのことは間違いない。

だけど、一年半前だったかなあ、ローゼンブルク時代の結婚相手の娘が選挙に出てるって知ったんだ。そうしたらなあ、なんと、その娘のお母さん、とっくに死んでるじゃないか。ローゼンブルクからノートメアシュトラーセくんだりまで連れて行かれて、子どもができて、挙句に男に逃げられてさ。苦労したんだろうね。真面目な人だったから、私に頼るなんてことも、思いもつかなかっただろうと思ってさ。

そんなことを知ったら、たまらなくなってね。そしてまた、その娘という人が、偉いんだ。偉く立派な人なんだ。応援せずにはいられない人なんだ。

なあ、ひろし。終活というのはあれだろう。心置きなく死ぬための準備ということなんだろう。だからな、お父さん、どうしても終活がしたくなっちゃってね。お前にどう説明したらいいかわからなかったから、変なことになっちゃってごめんな——。

淡々と話し終えると、照れくさくなったのか父の豊は猛然とブランコを漕ぎだした。すごい勢いで、ブンブンと前や後ろ、高く上がったり下がったりした。

お父さん、終活というのは一般的にはそういう意味ではないと思うが。

そう、言いかけてから、ひろしは、どうでもいいことだと思った。それから、父の隣のブランコに乗り、勢いをつけて足を地面から離した。

親子はそのまましばらく、なにも言わずにゆらゆらして過ごした。

川端康成が死んだ日

勉強の嫌いな兄はスポーツが大好きで、モハメド・アリの大ファンだった。

自動車メーカーに勤めていた父は、前年の秋からロサンゼルスに長期出張していた。父の帰国まで残すところ十日ほどというその日曜日、兄が企画して私と母を従え、池袋《いけぶくろ》の西武《せいぶ》デパートに出かけて行った。モハメド・アリはその前の日に、マック・フォスターというボクサーと武道館で対戦したのだった。アントニオ猪木《いのき》と対戦するよりも前の話で、モハメド・アリの初来日だった。ノンタイトル戦を二人のボクサーは十五ラウンドも戦って、そしてモハメド・アリは3－0でマック・フォスターを下した。

「モハメド・アリが池袋のデパートに来る！」

情報通のクラスメイトから聞かされた兄は興奮して、前の日の夜もよく眠れなかった。小学校の前にある文房具店で色紙と油性ボールペンを買い、それを枕元に置いて寝た。正直、私はモハメド・アリがどれほどすごい人なのかよくわかっていなかったが、兄の舞い上がり方はたいへんなものだったので、ついて行くのは嫌ではなかった。どのみち、兄がどこかへ行くと言えば、私はついて行くと決まっていたのだ。デパートに行くのはいつだって楽しかった。

けれども残念なことに、西武デパートでアリのサイン会は行われなかった。

私と母は、兄が必死の形相でデパートを隅《すみ》から隅まで駆け回るのに、やはり走ってつきあわなければならなかった。

「ねえ、日にちを間違えたんじゃないの？　来週の日曜日なんじゃないの？」

母は、泣きそうな顔をした兄に聞いた。兄は頑固に首を横に振った。

「だって、アリは昨日、武道館で試合をしたんだよ」

兄は口を尖《とが》らせた。

「アリみたいなスーパースターがさ。そんなに長いこと東京にばかりいるわけにいかないよ。今日しかあり得ない。絶対にここに来てるはずなんだ」

「誰かに聞いてみましょうよ。アリが来てるなら、どこにいるんですかって」

母は常識的な発言をしたが、兄は絶対にいるはずだの一点張りで、あそこだ、いやこっちかもしれないと、母と妹を引きずり回した。すっかり疲れ果てた後になって、

兄はようやく母が受付嬢に質問するのを許可したが、制服を着て座っているよく似た二人の若い女性たちは、

「当店では本日そのような催し物を開催しておりません」

と、木で鼻をくくったような物言いをするのだった。

意気消沈した息子と、くたびれて口もきけなくなっている娘を促して、母は東上線《とうじょう》の改札に向かった。

「あ！」

と、駅の構内で兄が叫び声を上げた。

「西武じゃない。東武《とうぶ》だったんだ！」

池袋駅の地下構内の、東武デパートの入り口にグローブをつけたモハメド・アリのポスターを見つけて兄は言った。母は時計を見た。サイン会の時間はとっくに終わっていた。

「ねえ、そういうこともあるわよ。アリだって、きっとまた東京に来てくれるわよ」

東武東上線の中でしかめっつらをしている兄を、母は慰めようとした。なぜ東上線の駅から近いほうの東武デパートではなくて、わざわざ東口の西武デパートに行ってしまったのか。なぜそんなつまらない勘違いをしてしまったのか。せめて、西武デパ

ートに行く前にどうしてこのポスターを見つけられなかったのか。兄はときどき、やらなくてもいいような失敗をした。父が一緒ではなかったことを、私はこっそり感謝した。父はきちんと計画して実行することが好きで、衝動的な兄が準備というものをしないのを嫌った。もし、引っ張りまわされたのが母ではなく父だったら、ひどく怒っただろう。ただし、そんなことを考えたのは、その日のことではなくて、もっと後になってからだったかもしれない。なぜなら、父が私や兄に振り回される姿などというものは、あの海外出張が多く忙しかったころの父には見られなかったからだ。

仏頂面の息子と娘をともなって、母は成増《なります》駅で降りた。そして、魔法の言葉を思いつきでもしたように明るい顔をして、

「ねえ、これから、モスバーガーに行ってみない？」

と言った。

モスバーガーは駅前ショッピングセンターの地下の小さなスペースにオープンしたばかりのハンバーガーショップで、銀座《ぎんざ》のマクドナルドより美味《おい》しいと話題になっていたのだった。唇をかみしめて表情を失っていた兄は愁眉《しゅうび》を開き、電車で腰掛けていたおかげで足のだるさが取れた妹の私も聞き耳を立てた。

「モスバーガー？」

「そうよ。今日の晩御飯は、モスバーガー」

母は歌うように言って、私たちを引き連れてハンバーガーショップへ向かった。

晩御飯がハンバーガーだなんて。私と兄は顔を見合わせた。

お酒を飲んでおつまみをいくつもつまんでからお新香と汁物で締めの御飯を食べる父がいない間は、家族の食事はかなりアバウトで、カレーに福神漬けだけとか、親子丼にみそ汁とかいった簡単なものになることはあったけれど、ファストフードショップなんてところには、どんなにせがんでも連れて行ってもらえたことがなく、ましてやそれが正式な夕食になるなんてことは、かつてない事件だった。

でも、実験的にスタートしたというモスバーガーの「おいしいソース」は小学生たちの間でも話題で、とくに兄は行ってみたくてしょうがなかったのだった。

兄はいつのまにか不機嫌な顔などどこへやら、半ばスキップするみたいにして母の後をついていった。私も早足で後を追った。私と兄は初めてだったけれど、母は何度か来ているようだった。その日のメニューは、モスバーガーとフライドポテトとコカ・コーラだった。兄はモスバーガーをおかわりした。

「晩御飯だからね」

母はにこにこして言った。

「一つじゃ足りないでしょ」

私と母も、もう一つ注文して半分ずつ食べた。私がかじって半分食べたものの残りを、母が楽しそうに食べたのだった。口の端についたソースを、ペーパーナプキンで拭《ふ》きながら。珍しくて、私はロゴのついたナプキンをお土産にもらった。

ショッピングセンターを出てバス停に向かって歩いているときに、数人の女の人たちと出くわした。Tシャツにジーンズ、あるいはインド更紗《さらさ》のような布の長いスカートを穿《は》いている人もいて、小学校の友達のお母さんたちとはずいぶん雰囲気が違った。少しだけ、学校友達のお母さんたちより若かったせいかもしれない。

「あら」

と、母は声を上げた。

母はその女性たちと立ち話を始めた。私は初めて見る人たちだったけれど、母とは旧知の間柄のようだった。女性たちの中には子ども連れの人もいた。子どもはまだ小さくて、幼稚園に入るか入らないかくらいの年齢の子と、若いお母さんの抱っこひもの中に赤ちゃんがいた。女性たちはしきりに「ユーセーホゴホー」の話をしていた。

「ユーセー」とか「チューゼツ」という言葉が女性たちの間を飛び交い、やや退屈していた私と兄は、「ユーセー」という聞き慣れた音に反応した。

と、私は兄に向かって叫んだ。兄はマントを翻《ひるがえ》す仕草とともに、

「人呼んで、遊星仮面、仮面、仮面、仮面……」

と応じた。私も兄といっしょに、

「かめん、かめん、かめん、かめん……」

と唱和した。それは私たちがもっと小さかったころに放映していたテレビアニメの中で、主人公が敵に「誰だ？」と問われたときに答える決めのシーンの再現だった。六〇年代の古いアニメだったが、私たちは好きでよく覚えていた。「かめん、かめん、かめん」と繰り返すのは、決めシーンではいつもその部分が、エコーがかかったように響くことになっていたからだ。

赤ちゃんがむずかって泣き出した。

「それじゃあね」

母は女性たちに手を振った。

私たち親子はまた、バス停に向かった。

バス停には長い列ができていた。私たちが住む団地へ行くバスではなくて、近くの学園都市へ行くバスも同じ停留所から出発するせいで、狭い歩道には人が溢れてい

る。

「舛岡《ますおか》さん」

母は、その人込みの中からまた知り合いを見つけ出した。

舛岡さんは顔をあげた。

「あれ。こんなところで」

舛岡さんは、レコード店の袋を下げていた。

「お買い物？」

舛岡さんは訊《たず》ねた。母は、ううん、と首を横に振った。

「この子がモハメド・アリのサインをもらうんだってきかなくて、池袋のデパートまで行ったんだけど、間違えて西武デパートに行っちゃったの。サイン会は東武だったの」

母が兄の頭に触れようとすると、兄は怒って首を振り、

「なんでそんなことわざわざ言うんだよ！」

と、大きな声を出した。母は肩をすくめた。

「モハメド・アリのサインが欲しかったのか？」

舛岡さんは兄に聞いたが、兄はすっかり腹を立てていて答えようとしなかったの

で、母が小さい声で代わりに言った。

「お兄ちゃんはファンなのよね。楽しみにしてたんだけど」

「うるさいんだよっ！」

兄はますますむくれて口を尖らせた。舛岡さんはちょっと笑った。

「じゃあ、あげるよ」

そう言うと無造作にレコード店の袋から色紙を取り出した。兄はびっくりして、何も言わなくなった。

「ちょっと、これ、どうしたの？」

「東武に寄ったらやってたから、つい並んじゃった。いいよ、あげるよ」

「いいの？」

「いいよ、あげる。大事にする人に持っててもらった方がいいからね」

兄はビニール袋に入った色紙を抱きしめた。

「すぐ帰らなきゃいけない？　コーヒーでも飲まない？」

舛岡さんは兄を見ながら誘った。

夕方のことで、もう晩御飯を食べた後だったし、母が断るだろうと私は思った。でも、少し迷った後で母は、

「そうね」

と答えた。私と兄は目くばせを送りあった。

駅のほうに少し戻って、私たちは喫茶店に入った。

何にするかと聞かれて、メニューを見ていた兄がクリームソーダを指さすと、母は少し考えてから言った。

「さっき、コーラ飲んだから、別のものにしたら？　お腹を冷やさないものがいいな。そうねえ、プリンアラモードは？」

兄と私はまた目を見合わせた。一日に二回も外食をして、しかもフルーツとホイップクリームの載ったプリンを食べさせてもらえるなんて！　私たちは母の気持ちが変わらないうちにと、大急ぎでウェイトレスを呼び止めて注文を済ませた。母と舛岡さんはコーヒーを注文した。

「さっき、そこで○○さんたちに会ったの」

「ああ、ウーマンリブの人たち？　この近くで共同生活始めたんだってね」

「コレクティブって呼ぶのよ、彼女たちは。ユーセーホゴホーカイアクソシの署名を集めるから、手伝ってくれって言われた」

ユーセー、という音を聞いて、私と兄はまた「遊星仮面ごっこ」を始めた。

「誰だ！」

「人呼んで、遊星仮面、仮面、仮面、仮面、仮面……」

「かめん、かめん、かめん、かめん……」

母はときどき私の髪を撫でたが、意識が子どもたちに向いていないのはあきらかだった。

「自分のことは自分で決める、だったっけ。自己決定権に疑いは挟まないけど、僕はちょっとあの人たちは苦手だな」

と、舛岡さんは言った。

「産む産まないは私が決める、よ」

母はコーヒーを飲みながら訂正した。

「そうだっけ。どっちにしてもさ。子どものことを、そんなに母親が決めていいのかな」

「子どものことじゃない、胎児のことよ」

「子どもと母親は別人格でしょう。子どもと母親の人生も別物だし」

「そんなこと、あの人たちだって知ってるわよ。子どもと胎児は違うわ」

「そうかな」

「そうよ。舛岡さん、若いのに案外古臭いのね」

「そう言われるとなんだかつらいね」

「ちょっとくらい、つらいほうがいいのよ」

母はからかうような顔つきになった。そんな表情を、私はあまり見たことがなかった。

「ときどき、あの人たちが羨《うらや》ましくなる」

母はそう続けた。

「そう？　彼女たちにとっては、あなたのほうが羨ましいんじゃないの？」

「まさか。あの人たち、私のことなんか軽蔑してるわよ」

「なんでまた」

「自由じゃないから」

そう、母は言った。

私と兄が舛岡さんに会うのは、そのときが初めてではなかった。年が改まって以来、舛岡さんは何度か、家に遊びに来た。あるいは遊びにではなくて、兄の家庭教師として雇われていたのかもしれない。舛岡さんはどこかの大学院に籍を置いていた。教え方も丁寧で、しばしばとんちんかんな答えを導き出す兄にとても優しかった。

だから、私よりも兄が舛岡さんにはなついていて、しかも思いがけなくアリのサインをもらった兄はすっかりご機嫌だった。でも、誰よりもご機嫌だったのは母だった。子どもたちといっしょに華やいだ様子でコーヒーカップを口に運びながら、陽気におしゃべりする姿はまるで母ではない誰かのようだった。

その週の終わりに一学期が始まって、私は二年生に、兄は五年生になった。学校は入学式と始業式だけを週内に終えて、また日曜日を挟み、月曜から授業が始まった。その月曜日は、父が帰国する前日だったのだが、母は一人で出かけてしまった。家に帰るとそこに舛岡さんがいた。留守番として母が頼んだのだった。祖母や叔母やいとこのお姉さんではなくて舛岡さんが呼ばれていたことに、私と兄は少しびっくりした。さすがにそんなことはそれまで一度もなかったからだ。

その日、母はほぼ衝動的に、新幹線に乗って京都に住んでいる姉に会いに行った。母は両親を早く亡くしていたので、血縁者は子どもたちを除けばこの京都の姉、私と兄の伯母にあたる女性だけだった。

ともかく、新学期が始まったばかりのその日、私と兄と舛岡さんは三人で家にいた。私たちは三人でジグソーパズルに挑戦したり、舛岡さんが持ってきた雑誌の札幌《さっぽろ》オリンピック特集を見たりして過ごした。フィギュアスケートで銅メダルを取ったジャネット・リンが、兄と私のお気に入りだった。

「まちが〜できる〜、うつく〜しい、まちが〜」

私は学校で覚えさせられた、札幌オリンピックのテーマソングを歌いながら、部屋をくるくる回った。もちろん、ジャネット・リンになったつもりで。

それからテレビをつけて、「マッハGoGoGo」や「男一匹ガキ大将」や「ウルトラマン」の再放送を見た。

舛岡さんはエプロンをつけて、母の代わりに夕ご飯を作ってくれた。カレーライスは芥子《からし》のような黄色をしていて、醤油を垂らした生卵の黄身が載っていた。醤油はまあいいとしても、生卵の黄身は食べられないと、私は怒って抵抗してスプーンで掬《すく》い取ってもらった。

テレビ画面には、アメリカのアニメーションが映っていた。「ドボチョン伯爵　ボヨヨン　ヨロヨロ　出て来たよ」というばかばかしい主題歌が流れていた。ストーリーは、幽霊になった伯爵だかなんだかが、現代の若者とドタバタ喜劇を繰り広げるものだった。

私と兄は、この「ドボチョン一家の幽霊旅行」よりも、その前の年にやっていた

「幽霊城のドボチョン一家」のほうがずっと好きだった。似たようなタイトルなので、続編だと思って見始めたのに、まったく違うのでがっかりした。「幽霊城のドボチョン一家」は、主人公の吸血鬼がなぜだか名古屋弁《なごや》をしゃべり、狼男やミイラ男や料理好きの魔女といっしょに幽霊城に住んでいて、いかにも悪そうな顔をした二人の男の子がいつも悪戯をして、吸血鬼はだいたい酷い目に遭う、というものだった。けっして仲が良さそうには見えないのに、最後になると幽霊たちはいっしょになって、楽しげに楽器演奏と歌を披露して終わるのだった。「幽霊旅行」は、タイトルと主題歌だけもらった別物で、こちらはたいしておもしろくなかった。

カレーは水気が少なくて、野菜や肉は形をとどめていなかった。母の作るものとずいぶん違った。辛くはなかったが、あまりおいしいとも思えなかった。「ボヨヨンヨロヨロ」は、「幽霊城のドボチョン一家」のほうでは、「ドボチョンドロドロ」という歌詞だったのだが、舛岡さんのどろどろしたカレーとアニメの主題歌が、渾然一体となって、あのときの光景を思い出させる。

母が帰ってくる前に、私は眠くなって子ども部屋に引き上げた。舛岡さんが布団を敷いてくれた。兄はテレビのある部屋で大好きなプロレスを見ていた。

舛岡さんが何時までいたのかはわからなかったが、夜中に目を覚ましてトイレに行く声が聞こえた。

「姉には止められた」

母は泣いているようだった。

「そんなの、子どもにとっては自殺してしまうのと同じくらいひどいことだって。私だって連れて行けるなら」

私は急いで部屋に戻った。隣では兄が布団を蹴散らして寝ていた。

翌日起きるとそこには母と兄だけがいた。

「今日はお父さん、帰ってくるわよ」

母は、朝食を準備しながら子どもたちに言った。

「一時間以上テレビ観たり、うちでコカ・コーラを飲んだりするのは、これからはだめよ。お父さんが怒るから」

うちでコカ・コーラを飲ませてくれたことなど、父がいたっていなくたって一度もないことだった。クリームソーダやコカ・コーラが飲めるのは、外食したときだけだった。兄はすぐにそれを指摘して文句を言った。

学校から帰ると、会社の車で羽田《はねだ》空港から送ってもらったという父がいた。いい子にしていたのか、勉強はちゃんとやっているのかと父は訊ね、兄にロサンゼルス・ドジャースのキャップ、私にバービー人形をお土産にくれた。私たちは、お帰りなさいと言った。

秋に、父が大きなスーツケースといっしょに羽田空港から飛び立って行ったとき、たしかにそれは家族にとって大きな変化で、さみしいことだと言えなくもなかったが、父が家にいるときの空気は重苦しくて、子どもたちがはしゃいだり母が笑ったりする場所ではなかったから、父の不在はその他の家族に少しだけ歓迎されていた。父がいるときといないときでは、母の態度があきらかに違ったし、はっきりと、子どもたちにとって行動の自由度が増した。それでも、愛情表現の下手な厳《いか》めしい父の帰国は、家族があるべき姿に戻ったにすぎないと、子どもたちには思われた。

父は出張中の家のことをあれこれ母に訊ねた。母がたびたび子ども二人を残して外出していたらしいことを、父は咎《とが》める口調になった。まず第一に母親はどこへも行くべきではないし、仮に出かけなければならないなら、父の母や妹を呼ぶなり、お手伝いさんに来てもらうなりすべきだと父は主張した。

「もう大きいのよ」

と、兄の頬を撫でたりちょっとつねったりしながら母は反論した。

兄は大人扱いされるのが嬉しいのか、ベビーシッターはいらないんだと母に味方した。すると父は、宿題は終わらせたのか、とか成績が下がったのを知っているんだぞ、とか、兄の不得意分野を責めたてた。父は兄ではなく母を見て、「母親が放任しているからこの子の成績が下がったんだ」と言いたげな表情を見せた。兄は地方出の秀才の父が期待するような優等生ではなかった。下から数えたほうが早いような成績だった。性格がよくて明るい兄は、しぶしぶ部屋に戻って宿題にとりかかり、私も兄について行った。背後に父と母が言い争う声が聞こえた。

父が戻ってきてからの数日のことをまったく思い出せない。

忘れることができないのは、父が帰国して初めて迎えた日曜日のことだ。

素晴らしく天気がよかった。日本に帰れば帰ったで、いろいろ忙しいのだそうで、父は休日にもかかわらず出勤して行った。

午後になってから母は、自分も出かけなければならないと、子どもたちに言った。長い父の不在の間に、兄妹二人だけで留守番をするのは慣れっこになっていた。

四月の半ばのことで、兄と私は、外の路地でバドミントンをして遊んだ。空がどこまでも高くて、兄がぽーんと打ち上げるように飛ばすと、小さなシャトルが青い空に吸い込まれそうに見えた。

お腹がすくと家にもどり、母が用意しておいたチキンラーメンの袋を開けてお湯を注ぎ、卵を割り入れて蓋《ふた》をして二分待ち、おやつにした。小言ばかり言う父が不在でなければ、インスタントラーメンのおやつなどあり得なかったが、電器店から新しい魔法瓶が届いたばかりだったので、兄がチキンラーメンを作りたがっていると、母は知っていた。

湯を注ぐのはスリリングだった。ラーメンを食べてしまうと、兄は魔法瓶の湯をすっかりボウルに空けて、あち、あち、と叫びながら、それを台所のシンクに捨てて、こんどは水を汲んできて、もう一度魔法瓶に入れた。エベレストエアーポットという名前の花柄の魔法瓶は最新式で、それまで大きなポットを傾けなければ中の液体が出てこなかったのに、ちゃぶ台やテーブルに置きっぱなしでも、把手のところについたバーを操作すれば水が出てきてコップを満たすという画期的な商品だった。まさに「魔法瓶」と呼ぶにふさわしく感じられた。だから本来その呼称の「魔法」は液体の温度をキープすることに由来するはずなのにもかかわらず、私と兄はそれに水道水を入れて遊ぶことにしたのだった。

兄はエアーポットのバーを押し続けた。コップの水はそばに置いたボウルに空け、魔法瓶から水が出なくなると、ボウルに溜まった水をポットに入れた。その繰り返しだった。

父が会社から戻るまで、兄がずっとそればかり続けたのかどうかは覚えていない。でも、兄の少し常軌を逸した繰り返しを見ているうちに、不安の感覚が広がっていき、何か取り返しのつかないことをしているんじゃないかと思えてきたような気がしているのは、あるいは後になってから付け加えた記憶かもしれない。

父が帰ってきて、

「お母さんは？」

と、私たちに訊ねた。

兄と私は首を横に振った。その日はほんとうに、どこに行ってしまったかわからなかったのだった。

＊

術後の体調が優れなかったので、朝はゆっくり寝ていて、朝食も昼近くに摂った。家人の顔を見てから書斎にこもり、昼過ぎまでは原稿を書いていた。「岡本《おかもと》かの子《こ》」に手を入れていたのだった。それからふと思い立って服を着替え、ハイヤーを呼び、長谷《はせ》の自宅から逗子《ずし》マリーナのマンションへ乗りつけた。午後三時を回ったころ、冴えわたった空の色を映した海が静かに波を寄せ返す午後だった。夕刻過ぎにウィスキーを飲み始めた。空が、晴れたその日にふさわしく茜色に染まった。少し眠るのにいい頃合いだった。寝具を整えて、睡眠薬を飲み、もう少しウィスキーを飲んだ。横になると、意識は少しずつ遠のいていった。先に栓を開いておいたので、気体の漏れる音だけが聞こえてきた。

＊

舛岡さんから、

「あなたの母親の最後の願いを聞いてほしい」

という手紙をもらったのは、あれから四十年以上経ってからだった。舛岡さんの家は葉山《はやま》にあった。どんな顔をしていたのかも、あまりよく思い出せなかった。でも、会えばすぐにわかるだろうと思ってはいた。

私はとうに別れたときの母の年齢を追い越してしまったけれど、三十歳を過ぎて鏡を見たときに、自分が母とそっくりなのに驚いたことがあった。

私がわからなくても、舛岡さんのほうがわかるに違いない。

バスを降り、地図を頼りに坂道を上がっていくと、黒いシャツに黒いジーンズを穿いた白髪交じりの男性が立っているのが見えた。

会釈をすると、その男性も頭を下げた。

いくら黒い服でも、そんな組み合わせでは喪服には見えなかった。だいいち、もう通夜も葬儀も終わってしまっているのだから、何を着ていてもよさそうなものだけれど、舛岡さんは喪に服す意味で、黒以外を着る気になれないのだと言った。

「兄さんは？」

開口一番に、舛岡さんはそう訊ねた。

「来ません」

と、私は答えた。仕事があるから、代表して行ってきてくれというのが兄の言葉だったが、来たくないのは明白だった。

背の低い本棚に、骨壺の入った木箱と写真が置かれていた。

「お母さんが遺したものがあるのでね。そんなに多くはないんだけれども」

「兄は受け取るつもりはないと言っています。だから相続放棄の手続きをと」

「そう、結論を急がなくてもいいでしょう。ただのお金だからね、意外に役に立つよ」

私は少し考えた。窓の遠くに海が見えた。

「四十四年も経つんですね」

そう言うと、舛岡さんは少し顔をゆがめた。責められたと思ったのかもしれない。

「僕ももう、再来年は七十だから」

「大学の先生でいらしたんですよね」

「いや、予備校の講師です」

「じゃあ、定年はないんでしょう?」

「なくたって、生徒たちに悪いからそろそろやめますよ」

私は写真に手を合わせて、それから少し、相続に関する事務的な話をした。放棄のことを口にすると、舛岡さんはまたちょっと困った顔をして、

「最後の願いくらい、聞いてあげなさいよ。兄さんにもそう言いなさい」

と言った。

すっかり年を取っていたけれども、学生だったころの面影が残っていて、私は彼がどんな風貌だったかを思い出した。

舛岡さんと母は、あのころ住んでいた家からバスで十五分ほど行ったところにある

学園都市の、市民運動の勉強会で知り合ったのだという。熱心だった友人に誘われて出かけた母はぼんやりとした主婦で、その真面目な勉強会にはどこか場違いな印象だったらしい。

母が父との関係に疑問を持ち始めたのは、おそらくそれよりも前だったはずだけれど、父が長期出張で家を空け、母に自由な時間ができて、そして舛岡さんに出会うことがなかったなら、すべては違っていたはずだ。

お母さんはあなたがたに会いたがっていたと舛岡さんに言われるまでもなく、会わせなかったのは父だとわかっていた。出ていくなら子どもは置いていけ、絶対に連絡をしてくるなと、父ならおそらく言っただろう。父と母の間には、話し合いもあったのかもしれない。けれど、私と兄にとっては、母は唐突に出て行って帰って来なかった人以外のなにものでもなかった。

父方の祖母が呼ばれて母代わりになった。父は昇進をあきらめて、家族といられる仕事に変わった。

兄は大好きだったモハメド・アリのサイン色紙を友達に売った。

家の中から、母に関連するものは一掃された。エアーポットは、それから大きなボタンで操作する新機種に買い替えるまで、ずいぶん長い間使ったのだったが。

母より十歳年上の、昭和一桁生まれの父は、二年ほど前に自分で決めた介護施設に入った。耳と脚が悪い以外は、どこといって不自由はなく、がみがみ言う癖が直らないので、施設でも煙たがられている。

あの日のことを覚えていますか、と訊ねると、僕が覚えていることはほんの少しだから、あなたのお母さんから聞いたことを話しましょう、と舛岡さんは言った。

母は衝動的に家を出て、そのまま電車に乗った。母が何か事を起こすときは、兄と同じようにたいてい衝動的だった。舛岡さんは葉山に家があって、そこから大学に通っていた。仕事の関係で両親が地方住まいになったので、彼はその高台の家に一人で暮らしていた。気ままな学生生活だったから、都心の友人たちの下宿に転がり込んでいることも多かったが、その週末に葉山にいることを、母は知っていたのだろう。けれども直接舛岡さんのところへは行かずに、鎌倉《かまくら》で降りてぶらぶらした。

小町《こまち》通りでお茶を飲み、大仏を見に行って長谷寺《はせでら》に寄って、そこからタクシーを拾った。

海岸《かいがん》通りから六地蔵《ろくじぞう》に向かう道が、なぜだかひどく渋滞した。

「こっから先は、信じないかもしれないけど、お母さんが話してたことだから」

舛岡さんはそう言って、言葉を継いだ。

母のタクシーの一台前を、黒塗りのハイヤーが走っていた。走っているというよりも、止まっているといったほうが近いようなのろのろした動きだった。ハイヤーに乗っていた小柄な老人が所在なく振り返った。老人と母の視線が交差した。

動かない道路に業《ごう》を煮やし、老人は車から降りて、数歩歩いて母の乗ったタクシーのドアをコツコツ叩いた。母は驚いた。その老人のことを、母は知っていたからだ。母だけではなくて、タクシーの運転手も驚いた。彼は著名人だった。

老人は母に、窓を開けるようにという動作をした。母は後部座席左側の窓を下ろした。

「あんまり動かないんで、振り返ったらあなたと眼が合いましたね」

ちょっと鳥のような風貌の、ふさふさした白髪をした小柄な老人は言った。

「あなたは、僕とおんなじ眼をしている」

母が黙っていると、老人は、ふと面白そうに口の端をゆがめた。

「今日の鎌倉は美しいね」

母はようやっと、

「ええ」

とだけ答えた。

「でもそれはねえ、あなたが僕と同じ、末期《まつご》の眼でそれを見ているからだ」

母は首を捻《ひね》った。

「自然の美しいのは、末期の眼に映るからだと芥川《あくたがわ》は言ったよ」

少しだけ、渋滞が動きだす気配を見せると、老人は笑い、立ち去り際に、そう言った。

老人は前のハイヤーにもう一度乗り込んだ。ハイヤーは大町《おおまち》四ツ角で右に逸れた。

母の乗ったタクシーはそのまま葉山に向かった。坂道を上り始めると、傾いた太陽が海の方角を茜色に染めるのが見えた。

母は舛岡さんに凭《もた》れかかりながら、末期の眼について考え続けた。

翌日、著名な作家が逗子のマンションでガス管をくわえて自殺したという報が、新聞の一面を占拠した。

母はその後も私の知らない街で生き続けたが、私の知っていた母は、あの日を限りに帰って来なかった。

ガリップ

わたしがガリップと出会ったのは、もうかれこれ三十年以上も前だ。

あのころは誰も携帯電話を持っていなかったし、電車の路線だってもっといっぱいあった。なにしろ時は二十世紀で、その世紀が終わるまでまだ十年よりもっとあった。

ガリップと出会うより前に、わたしは水田《みずた》と出会った。水田は六歳も年上だったけれど、会社では一年後輩だった。水田は大学に入るとき浪人していたし、大学院でわたしにはよくわからないことを研究していたから。でも結局、研究職をあきらめて、入社してきた。しかも配属は営業部だった。だからといってはなんだけれど、あんまりやる気のない社員という感じだった。それでも地方ののんびりした会社だったから、とくに嫌われもせず、いつのまにか古株の社員みたいに堂々としていた。

わたしの生まれは新潟《にいがた》の柏崎《かしわざき》だが、両親や兄とはうまも合わなかったし、長野《ながの》の松《まつ》本《もと》の短大を卒業しても地元に帰る気にはならなくて、そのまま市内にある小さな部品メーカーに就職した。小さかったけれど、あのころはまだ日本中、景気がよかったし、お給料も多くはなくても滞らずに出たし、社員同士は仲がよくて、経理課の仲間でキャンプに行ったときに、水田は経理課じゃなかったのに同期の女の子に誘われて来ていた。

営業っぽいハングリーさがぜんぜんないタイプで、バーベキューの手際なんかがとてもよかった。それはそれで、営業に生かせる個性だったとも言えそうだけれど。聞けば、岡谷《おかや》にある実家から自動車通勤しているとかで、田舎のぼんぼんなのだろうと、最初は思っていた。

はじめてのドライブデートは諏訪湖《すわこ》だった。遊覧船に乗ったりした。

そのときにガリップに会ったらしいのだが、こちらはそんなことは知らなかった。ガリップのほうにだけ、わたしのことは知らされていたようだ。面通しのようなものだったんだろうと思う。

湖にはシベリアあたりから飛来した白鳥が、おおぜい、羽を休めていた。

わたしの生まれ故郷には長嶺大池《ながみねおおいけ》という白鳥の飛来地があり、毎年、何百羽も越冬に訪れる。だから、そんなことがちょっと懐かしくて、その話は二人の距離を縮める役に、少しだけ立ったと思う。

「白鳥の顔の見分け方知ってる？」

「顔？」

「うん。顔がね。一羽、一羽、違うんだよ。黄色いところがあるでしょう、くちばしに。あれの模様がね。違うんだよ。ちょうど、ほら、猫の体の模様が違うでしょう、同じブチ猫でもさ。あんな感じで」

「ふうん、そうなの」

「基本的に、くちばしの元のほうが黄色、先のほうが黒なんだけどね。この黒が、個体によって、いろんなところに分散してる。根元にちょっとあるのもあれば、根元から中央を通って先までずっと黒くて、黄色い部分は両脇だけっていうのもある。ほんとに、この黒の入り方は白鳥によって全部違うんだよね。見てると面白いよ」

ほんとうは、柏崎育ちのわたしも、コハクチョウの顔の見分け方は小さいときに聞いて知っていたのだけれど、水田が楽しそうに話すのにうきうきして、知らないふりをした。

そんな二人を、ガリップはどのあたりから観察していたんだろうか。

諏訪大社にも行って、うなぎを食べて帰った。それからしばらくして、もう一度、ドライブに誘われた。三月の、土曜日だった。

そのときも行先は諏訪湖だった。

こんどは、ワカサギ釣りに誘われたのだ。

釣りなんてやったことがないと言ってみたけれど、やったことないならやってみなよと言われて、それもそうだなと思ったし、水田に誘われたのがうれしかった。最初のデートから間があったから、もう誘われないのかと思い始めていたのだ。

諏訪湖にはそのときもコハクチョウたちがいたけれど、もうすぐ春だからそろそろ北へ帰っていくのかなあと、ぼんやり眺めたことを思い出す。

わたしは釣り針に餌をつけるのがやりたくなくて、全部、水田に任せていた。器用な水田は慣れているらしく、ハエの幼虫かなにかを手際よく取りつけては、氷に開いた穴に釣り糸を垂らした。

水田はわたしに釣竿を持たせてくれて、後ろから抱きかかえるような格好でわたしの手に自分の手を重ね、いいタイミングでひっぱりあげるコツなんかを伝授してくれた。

わたしたちは、おいしそうなワカサギをたくさん釣り上げた。釣果《ちょうか》が上がるのは朝と聞いていたけれど、水田が選んだのは夕方の時間で、わたしたちは午後遅めに松本を出てきていた。こんなに釣れるのかと、正直びっくりしたけれど、水田は子どものときから釣っているから、魚のいる場所をよく知っているらしかった。

用意してきたアイスボックスに、冷たい水とワカサギを入れて車に積んだ。

「食べるでしょ」

と、聞かれて、うんと答えた。水田の家に行く、という合図だと思ったから、胸の鼓動が激しくなったが、悟られないように無表情になったのを思い出す。

田舎のぼんぼんと思っていた水田の家には、水田ひとりしかいなかった。ご両親は亡くなったのだそうで、仏間に遺影があった。ぼんぼんは、ぼんぼんだったのかもしれないが、ひとり暮らしのぼんぼんというのも、珍しい。

「大きな家ね」

水田は家じゅう、案内してくれた。縁側があって、広い畳敷きの部屋の長押《なげし》に貴重そうな古い絵がかけてあるその家は、水田ひとりには大きすぎた。

「そうだけど、まあ、相続してしまったしね。売るとたいした金にはならないんだよ。不便なところだから。裏にはちょっとした畑と田んぼまであるんだ」

「田んぼまで?」

「とても小さい田んぼだよ。明日の朝、見に行こう」

水田はさりげなくそう言った。今日はここに泊まるのだなと、わたしは思った。

釣ったばかりのワカサギと、今朝、畑で採ってきたばかりだという菜の花や玉ねぎ、庭にあるというふきのとうといっしょに、てんぷらを作ってくれた。米を炊くのと、味噌汁を作るのが、わたしに任された仕事だったが、主役はてんぷらだった。おいしかった。

こんなふうに、得意なところばかり上手に見せられたら、好きになってしまう。

わたしはまだ短大を出て働き始めたばかりだったし、男の人とまともにつきあうのも、はじめてのようなものだった。

夜中に起きてお手洗いに行ったとき、ちょっとなにかの気配を感じた。でも、気のせいだろうと思い、その後は忘れてしまった。

二人の関係がかなり進んで、社内でもちょっとした噂になってきたころだったと思うのだが、水田が田植えに誘ってきた。

「田植え?」

「シーズンだから。いつもはひとりでやるんだけど、いっしょにやらない?」

どちらかといえばインドア派だったわたしは、こうして水田に慣らされていった。

まだそれほど暑くはない、そしてお天気のいい日の田植えは、なかなか楽しいエクササイズだった。

「腰をいためないようにするにはね、こうやって、足を踏ん張って、お尻を突き出すようにしてかがむの。相撲取りの、四股《しこ》みたいなイメージ」

そう言って、水田は田んぼの中で腰を落とした。

「膝の屈伸や太ももの後ろ側を使わないで、おなかのところで上体曲げると、必ず腰に来るからね。注意してね」

わたしも水田の真似をして、田んぼのぬかるみの中で足を踏ん張り、膝を曲げた。いい汗をかいた。

「そういえば、水田さんの名前、すいでんって書くよね」

「え？」

「水田さんの名前、田んぼって意味だよね」

「ああ、そうだね。そうだ。きっと、昔っから、農家だったんだろ」

田んぼには小さな緑の苗が植えられていった。とんとんと腰を叩いて、空を見上げると見事に晴れた青い空に白い雲がある。なんともいえずのどかな風景に、心を奪われる感じになって目を細めていたら、その空からなにかとても大きなものが降ってきた。

わたしは驚いて目をみはったが、水田はちょっと目をやり、黙々と田植え作業に戻る。

田んぼの中に、一羽の白鳥が立った。

広げていた羽を優雅に閉じて、首をしならせると横顔をこちらに向けてぴたりと止めた。

「白鳥？」

ああ、そうだよ、と水田がこちらを見もせずに言った。

「だけどもう、夏が来るよ」

ああ、そうだね、と水田はやはり作業を続けた。

「北へ帰らないのもいるんだよ」

「そうなの？」

「羽が傷ついて飛べない鳥は、ここで一年、仲間を待つんだ」

だけど、という言葉がわたしの口をついて出た。

「この鳥はいま、空を飛んできたよ」

ようやく水田が腰を伸ばして歩き出したのと、白鳥が苗の間を通って近づいてきたのは、ほぼ同時だったように記憶している。

「うん。そう。こいつは帰らないんだ」

白鳥はもう、手の届くところまで来ていた。水田は腰の手拭いで泥をぬぐうと、白鳥の長い首に手をやり、ねぎらうようにやさしく叩いた。

「ガリップっていうんだ、こいつは」

ガリップと呼ばれた白鳥は、水田の腹のあたりに首をすりつけるようにしてから、またぴたりとこちらに目を向けた。

水田がガリップを見つけたのは、それより二年ほど前の春のことだったようだ。まだ大学院の学生だったころ、車で移動中に、道端にうずくまっているこの鳥を見つけた。コハクチョウはオオハクチョウほどではないけど、それでもずいぶん大きな鳥だから、人の通るところにいれば目立ったろうと思うけれど、幸か不幸か、そこに居合わせたのは水田ひとりで、車をバックさせて近づいていっても、片方の翼を広げたり閉じたりするだけで、逃げもしなかった。

車から降りて近づいたら、もう片方の羽は動かなくなっているとわかった。そのままにしておけなくて、水田はガリップを拾い上げて後部座席に乗せ、家に連れて帰って酒を呑ませた。

「酒？」

「うん、酒。ガリップは呑み助なんだよ、なあ、ガリップ」

そう言ってまた首の後ろを叩くと、ガリップは少し照れたように顔をそむけた。

「なんで、お酒？」

「鳥はとっても繊細なんだよ。自分が怪我をしたと知ると、そのショックで拒食症になって、それが原因で死んでしまうのも多いんだ。だからまず、酒で気持ちをほぐして、ついでに痛みも緩和してさ、ちゃんと食べられるようにしてやらなきゃいけないんだよ。酒は昔から鳥の心をほぐすのに使われてきたんだ。おれはじいちゃんから聞いて知ってた」

納屋の奥にもみ殻をしいてやり、毛布で包んだ湯たんぽもおいて、水を入れた鉢もおいた。タオルをかけて、車から抱きおろし、もみ殻の上に横たえ、酒を入れた器をくちばしに近づけると、ガリップは首を伸ばしてそれを少し呑んだ。しばらくすると酒が回ったのか、ガリップはほっとしたように、丸くなって寝てしまった。翌日、納屋に見に行ってみると、ガリップは水を飲み、もみ殻を食べていたという。

「獣医には行かなかったの？」

「このへんにはいないからね」

「野生の動物に触ったりしてだいじょうぶなの？」

「なんで？」

「オウム病とか、あるでしょう」

「ないでしょう、ガリップには。ねえ」

ないわよ、あたしには、ねえ。という表情を、ガリップはしてみせた。

水田は大学図書館で調べた方法で、ガリップの羽を固定した。抗生物質も飲ませた。そして数週間の間、納屋でガリップを休ませ、水やエサのパンを運んでやった。

ガリップはいつのまにか、納屋の中を歩き回るようになり、戸が開いていると納屋の外にも出てくるようになった。水田が裏の畑に野菜を採りに行くときには、いっしょについてくるようにもなった。

そしてある日、ついにガリップはその白い大きな翼を羽ばたかせて、大空に舞い上がった。季節は冬になっていた。水田はガリップが飛んで行ったのを見て、少し寂しかったけれど、安心もした。自己流の勝手な治療のせいなのか、ガリップの翼はアンバランスで、怪我をした左側がいつもだらりと下がっているように見えたからだ。

水田はガリップを見送ってから、いつものように大学に出かけた。

そして用事を終えて家に帰ってくると、納屋の扉が開けっ放しなのに気づいた。閉めようとして近づくと、音程を外したトランペットのようなプワップワッという音がして、白いものが駆け出してきた。

ガリップは水田の脚に身をすりつけるようにして、おかえりなさいを伝えた。

それ以来、ガリップは水田の家の納屋に、彼女の意思で住み着いている。

冬になると、シベリアあたりから仲間が諏訪湖まで飛んでくるので、ガリップも諏訪湖に行って日中を過ごす。そして、夕方になると自分の家に戻るのだ。それも水田が出かけるときのことで、休日で水田が一日家にいるときは、ガリップは水田の近くで過ごす。

いちばんのお気に入りは、田植えとか稲刈りとか、水田が裏の田んぼに入るときだ。ガリップはそばで作業を見守る。畑の野菜を採る朝方も、納屋からとことこと出てきていっしょに畑に向かう。

ガリップに名前をつけたのは、水田の大学院時代の仲間で、トルコ人の留学生だった。水田の家が、わりに広く、彼が一人暮らしだと知って、ときどき遊びに来ていたのだという。いまは、アメリカだかオーストラリアだかに行ってしまった、ハッサンという名前のそのトルコ人が、まだ怪我をして飛べなかったころの白鳥に、「ガリップ（かわいそうな、運の悪い）」という名前をつけたのだそうだ。

ガリップが、運が悪かったのかどうか、わからない。

自分の家を見つけて、幸福そうでもあった。

水田の家に行けばガリップがいるのがとうぜんで、それが水田の人生の一部だったから、わたしもとうぜん、その生活を受け入れた。

でも、ガリップが、いつわたしを受け入れることにしたのかは、よくわからない。

わたしはガリップと知りあった翌年に、水田蘭《らん》と結婚した。蘭、というのは少し女性的な名前で、子どものころには嫌だったそうだが、大人になった彼が自分を「蘭です」と名乗ると、彼のごつい風貌からして、ラン、は男の名前にしか思えなかった。

わたしは水田陽子《ようこ》になった。夫に比べると、じつに平凡な名前だ。

わたしたちが結婚しても、ガリップは習慣を変えなかった。というより、夫も習慣を変えなかった。

朝、目を覚ますと夫はまず、納屋に行く。

そこにはガリップがいて、起きて待っている。夫は水とパンを食べさせて、納屋の扉をあけっぱなしにする。それから家に戻ってきて、わたしといっしょに朝食をとる。

結婚を機にわたしは仕事をやめていたので、そのあとはガリップといっしょに夫が出かけるのを見送った。車が遠ざかると、わたしは家に戻り、ガリップは好きなところに飛んで行った。十月から三月ごろまでは、仲間といっしょに諏訪湖で過ごし、夏の間は、裏の田んぼで過ごしたり、どこかほかの水場を見つけて飛んで行ったりした。仲間がいないとさみしいのか、諏訪湖にはいつも白鳥が飛来する季節に出かけた。

夕方、夫が帰宅するのを見計らったように、ガリップは戻ってくる。夫のほうが、裏の田んぼに迎えに行くこともある。そして仲良く、まるで話をするように、そう、ガリップは、プワップワッともクワックワッとも聞こえる音を出して、夫に盛んに話しかけた。彼のほうも、相槌を打ちながらそれにこたえ、頭や首や羽をさすってやってから、家に戻って来るのだった。

休日、畑仕事をする日は、いつもガリップがそばにいる。

家で食べればいいのに、夫はわたしに弁当を作らせて持って出て、小さなパイプ椅子に腰かけてそれを昼食に食べた。横でガリップは首を低くして、田んぼの水草なんかをおいしそうに食べる。結婚したてのころは、わたしもいっしょに畑仕事をしたり、お弁当を食べたりしたものだったが、なんとなく邪魔しているような、妙な気持ちになるから、いつのまにかやめてしまった。

もちろん、わたしたち夫婦が二人だけで出かけるときもある。たまには泊りがけで、旅行に行ったりもした。

車でわたしたちが出かけるとき、ガリップはかなり長いこと、全力で車を追いかけてきたものだった。一度ならず、空を飛翔して走行している車の前に降り立ち、通せんぼをしようとしたこともあった。

「あぶない！」

と、わたしが声を上げるより先に、夫はしっかりと急ブレーキをかけ、運転席から降りて、ガリップに近づき話しかけた。そして何度も何度も頭や首を撫でてやり、すぐに戻るからとなだめ、お土産においしい酒を買ってくるよなどと言う。ガリップがなんとか機嫌を直してとことこ引き返していくか、飛び去ってしまうまでは、夫は決して車を出そうとしなかった。ガリップもいつかは拗《す》ねるのをやめて、わたしたちを行かせてくれるのだけれど、そのときのひとりと一羽のやりとりはどこか痴話げんかのようだった。

ガリップの性別について、夫はよくわからないと言っていたが、わたしは最初に挨拶を交わした時から、メスだと確信していた。

「見た目だけじゃわからんよ」

と、夫は言っていた。

わたしはもちろん、見た目で判断していたわけではない。

しかし、そののち、ガリップがメスだと判明する事件があり、夫もそれを認めざるを得なくなった。


ガリップが想像妊娠したのは、わたしたちが結婚した次の年の夏のことだった。田んぼの奥のほうの、苗を植えていない一角に、葦の伸びている水辺があって、そこはふだん、わたしたちは近づかない場所なのだが、ある日からガリップは、せっせと枯れ枝や枯草を運び始めたのだ。最初は気にも留めていなかったのだけれども、いい感じに枯草やらごみなどを丸く敷き詰めたあたりで、ガリップは自分の羽毛をくちばしで抜き始めた。それは、メスのする行動だという話だった。

そして巣作りができたとなると、ガリップはそこにちんまりと座って、動かなくなった。そして卵を産んでしまった。

夫は心配して、エサを持って毎日見に行った。ガリップは夫の運んでくるエサをたっぷり食べて、プワッと鳴き声を上げ、満足げに巣の上に座り続けるので、わたしはどこかで連れ合いを見つけたのではないかと考えたが、白鳥はつがいで子育てをするものなのだし、その時期、諏訪湖には白鳥がいないのだし、どう考えても想像妊娠だと夫は言うのだった。

「想像って。だって、卵産んじゃったんでしょう?」

「そうだけど、無精卵だろう」

「無精卵?」

「鶏なんかでも、無精卵と有精卵と、あるだろう」

「無精卵を抱いているの?」

「そうだと思う」

わたしはこのとき、深くガリップに同情した。

「でも、じゃあ、卵は孵《かえ》らないわけ?」

「無精卵なら、孵らないでしょう」

「じゃあ、抱くだけ、無駄なのでは?」

「だけど、ある程度は、満足するまで抱かせてあげないと」

「満足するまで抱かせる?」

「うん。本能で抱いてるわけだからねえ。卵を取り上げちゃうと、手持ち無沙汰で、また産んじゃうかもしれないから」

「卵って、手持ち無沙汰で産むもんなの？」

「そう、ものの本に書いてあった」

「手持ち無沙汰で産むって？」

「手持ち無沙汰とは書いてなかったけど」

「じゃあ、なんて？」

「早い段階で卵を取り上げると、またすぐ産んでしまうって」

ガリップは三十日間、満足するまで卵を抱き続けた。

そして三十一日目に、飽きてしまったとでも言うように、ふらりとどこかへ飛んで行った。

夫はそのすきに卵を取り上げて処分し、巣も解体してしまった。空から戻ってきたガリップは、しばらく所在なさそうにしていたが、夫が首や頭をせっせと撫でて声をかけているうちに、元気を取り戻した。

そのことがあってから、ガリップには気の毒だったけれども、夫は「卵産ませない作戦」に出た。巣作り行動めいたものをやり始めると、その都度、枯草や枯れ枝を取り除いてしまい、産卵する機会を奪ったのだ。

本能で卵を産み、本能で抱いていたガリップが、その本能を捨てたのかどうかよくわからないが、それからガリップが卵を産むことはなくなった。

ガリップが夢見心地で抱いていた卵の父親は、わたしの夫、水田蘭だったのだと思う。思うというより、それが事実である。

夫がガリップと異種ながら交わったという意味ではなくて、間違いなくガリップは、夫の子どもを孵化させることを夢見て卵を抱いていたのだ。

それがわかったのは結婚三年目の春で、こんどはわたしが妊娠した。

悪いけど、わたしのほうは想像妊娠ではない。

赤ちゃんができたと知ると、夫はとてもよろこんでくれた。夫には両親がいなかったし、わたしも実家とは折り合いが悪くて、ほかに祝福してくれる人もなかったけれど、夫婦にとっては二人の愛が結実したことでじゅうぶんだった。

夫は以前より早く会社から帰ってくるようになり、以前にもまして料理やら洗濯やら、家の仕事をやってくれるようになった。

でも、もちろん、独身時代からの習慣は変えず、朝はガリップのところに食事を持って行ってやったし、畑仕事をするときはガリップの隣でお弁当を食べていた。

それなのにガリップは敏感に、なにが起こったかを察知した。

水田蘭の卵を抱いている！

ガリップはそう思ったに違いない。

夫がなにくれとなくわたしにやさしくしてくれるのを、そばで見ていたガリップは、まだおなかも目立たないのに嫉妬の炎を燃やした。そして、朝、夫が朝ごはんをやりに納屋に行くと、くちばしで彼の服を引っ張ったり、仮病なのかなんなのか、苦し気に横たわってプワップワッと鳴いたりして、家に戻り出社の準備をするのを邪魔しようとした。

夕方、彼が急いで会社から戻ってくると、空から悠然とガリップが舞い降りてくる。そうして車の進路をふさいでしまう。だから夫は仕方なく車から降りて、首を撫でたり頭を撫でたりしゃがみこんで羽に頬を摺り寄せたりして、ガリップの機嫌を取るのだった。

しばしば、というよりも、その後、習慣的に、ガリップは夫の車の助手席に乗って帰ってきた。ガリップがどうしても道を譲らないので、苦肉の策として夫は彼女を車に乗せようとした。後部座席に乗せようとしても頑として乗らないので、助手席のドアを開けて座席を後ろに引き、スペースを作ってやるとようやく乗った。

ガリップは日に日に飛距離を伸ばし、夫の車が市街の道を抜けて比較的のどかな田園風景の中を走る地点まで迎えに行き、プワプワッとなにごとか話しながら、夫の車で楽し気に戻ってくるようになったのだ。

そうして接触機会を大幅に増やしたガリップは、もう、ここぞとばかりに、わたしに対抗して妊娠しようとした。隙あらば、巣作りを始めようとするのだ。

こうなるとわたしも敏感になって、ガリップが水辺の片隅に向かって、木の枝をくちばしにくわえて飛んでいるのを見るだけでも、あの想像妊娠の日々を思い出すようになり、夫に頼んで巣を壊してもらうようにしていた。木の枝の一本と聞いては、それがどこに置かれたのかもよくわからない、まだ巣と決めつけるのは早いのではないかと夫は言ったが、わたしは妊娠して敏感になってもいたし、ガリップがパンくずより大きなものをほおばっているだけで耐えられないと訴えた。

夫もガリップを妊娠させないことには協力的だった。

なんでも卵を産むのはものすごく体力を消耗することなのだそうである。だから、無駄に卵を産ませて彼女の命を縮めるのは、夫としても不本意だったのだ。

家にいるわたしが気づいたときに巣を破壊すればいいという考え方もあったけれど、それはわたしのほうが怖かった。巣を壊されていると知ったら、白鳥がどんなに怒るかわからなかったし、ただでさえ嫉妬を買っているので身の危険を感じていたし、夫がなんと言おうとも、妊娠中の身で野生動物と接触を持つことがいいとは、どう考えても思えなかったのだ。

しばらくして、ガリップは妊娠をあきらめた。

あれも、季節というものがあるのだろう。できなきゃできないであっさりしたもので、巣作り行動もまったくしなくなったが、嫉妬じたいがおさまったわけではなかった。そして、わたしのおなかは大きく目立つようになってきた。

水田蘭の卵を抱いている！

ガリップの鋭い視線は、日に日にわたしのおなかに注がれるようになってきた。わたしが道を歩いていると、ばさばさ音がする。急にガリップが目の前に舞い降りてきて、じーっと恨みがましい目でこちらを見つめたり、プワップワッというか、コワッコワッというような鋭い声を上げてぺたぺた後ろを走ってきたりした。

想像してもらえるかどうかわからないけれども、かなりこわい。

わたしは健診に行くために、野菜の畑や田んぼが両脇に広がる一本道を歩いている。車の運転はしないので、バス停まで歩くわけだけれど、舗装もされていない田舎道で、たいていそこを歩いているのはひとりきりだ。

田舎のことで天気さえよければ青々と広がった空に雲が浮かび、雑木林の向こうには青く稜線を引く山が見える。雲がかかれば少しだけ影が落ちるその道の、前後左右のどこにも逃げ込める建物などなくて、空から狙いすましたように落ちてくる白鳥に、対抗する方法なんかないに等しい。傘でも持って出て振り回すことも考えたけれど、それでガリップを傷つけたなんてことになれば、夫婦関係にひびが入りかねない。

夫がガリップをそれだけかわいがっていることは、わたしだって知っていた。怪我をしたのを治してやったのが自慢で、懐かれているのが自慢で、白鳥を親友みたいにだいじにしているのが自慢だった。その自慢の白鳥を、また怪我させるわけにはいかなかった。

だからといって、あんなことになるとは思わなかった。

あの日、夫は出張で、家を空けた。

わたしは一日、ひとりで過ごし、動かないとおなかの子どもに悪いと思って、夫の代わりに少し畑仕事などもこなし、軽めの夕食をとって居間でテレビを見ていた。あのころはみんな、かじりつくようにしてブラウン管の中の恋愛ドラマを見ていた。たまに会社員時代の友だちから電話がかかってきても、ドラマの話ばかりしていたたから、好きだとか好きでないとかにかかわらず、それらは見なければならないものだったし、まあ、ものによっては、わりと好きなものもあった。

　でも、考えてみたら、あのころテレビで見せられていたややこしい恋愛劇よりも、もしかしたら自分の身に起こっていることのほうが、よほどややこしい事態だった。

　二階から、コー、コー、コー、コー、コーという、鋭い金属的な音が聞こえた。

　わたしは不安に駆られて天井を見上げた。

　こういうとき、いまなら誰でも携帯電話を手にとって、夫なり誰なり、親しい人に電話をかけるだろう。でも、あのころはまだそんなものを誰も持っていなかった。出張先から電話などもあったりなかったりで、一泊で帰ってくるなら、ないほうがふつうだったかもしれない。ともあれ、わたしはひとりきりで、その音に対処するしかなかった。

　音はしばらくしてまた響き渡った。あきらかに二階から聞こえていた。

　わたしが結婚して住むようになった夫の家は、昔づくりの古い家で、玄関を入ると客間があり、そのすぐ後ろに階段があった。

　一階には畳敷きの部屋が三つもあった。便所、風呂、台所が北側にあり、廊下を挟んで三つの部屋は南側に面して並んでいた。襖で仕切られているそれらの部屋は、人がおおぜい集まるときは広い一室になるような作りで、縁側に面していた。

夫婦二人で暮らすのに、それ以上のスペースはいらなかったから、二階はほとんど使っていなかった。夫の釣り道具やキャンプで使うような趣味のものが置かれている、納戸同然の部屋があって、もう一部屋は仏間だった。夫の両親の写真のある仏間へは、じつは夫婦二人ともあまり行かなかった。浄土真宗で水を供えなくてもいいこともあ手伝って、毎日というようなまめなことをしなかったし、信心深くもなかったのだ。さすがに命日にはきれいにして花や線香をあげていたけれど、いずれにしろ二階は夫の領分だったので、わたしはあまり行ったことがなかった。

けれども、コー、コー、というわめくような音がやまないので、わたしは不安になって階段の下まで行ってみた。なにかがいる気配がした。

あのとき、わたしがはじめて夫の家に泊まった日に、気配を感じたことをにわかに思い出した。ガリップがいるのだ。わたしは確信した。

けれど、どうやればガリップが家に入り、しかも二階に上がることができるのかがわからなかった。玄関か縁側から入ってきて、二階にそっと隠れていたのか。それとも二階のどこかが開いていて、外から飛んで入っているのか。夜には雨戸も閉めている家なのに。

「ガリップ?」

わたしは声をかけた。

階段を二、三段上がってもう一度、

「ガリップ?　そこにいるの?」

と、問いかけた。ト、ト、ト、というような足音がして、暗い階段の踊り場にゆらりと白い姿が浮かび上がった。

「どうしてそんなところに」

そう言いかけたとき、キェエエエというような声が上がって、ガリップが威嚇するように飛び降りてきた。


あの事件はいまでも、謎に包まれている。

そもそもガリップがなぜ二階にいたのかがわからないし、夫がいないのを見計らって、妊娠したわたしに攻撃をしかけてきたという話なのか、そんなふうにものごとを単純に考えていいのかどうか、どうしてもわからない。

というのも、ガリップが飛び降りてくるのを見て階段を踏み外し、昏倒したわたしは一時意識を失ったからだ。

そして次に気づいたときは、病院のベッドに寝かされていて、心配した夫が脇の椅子に腰かけて、祈るように両手を握りしめて、しかし疲れ果てて寝込んでいたからだ。

夫に聞かされた話はこうだった。

虫が知らせたわけでもないが、夫の出張の用事は早めに終わってしまったので、予定を切り上げて彼は泊まらずに戻ってきた。片づけなければならない仕事があったから、遅い時間だったけれども会社に寄って、それから車で帰路についた。いずれにしろ出張先から一度会社に戻る予定で、車は置いてあったのだ。

そして、田舎の真っ暗な夜道を運転していたら、空からガリップが降ってきて車を止めた。

もちろん、それもいつものことではあったけれど、白鳥は夜行性の鳥ではないから、夫はものすごく驚いた。しかもガリップはひどくあわてていて、助手席に乗り込むと、息も継がずにプワップワップワッとまくし立てるのだという。

異変を感じた夫はアクセルを踏んだ。夜中の田舎道なのでほかに車もなければ人もいない。高速道路を走っているような速度で、あっという間に家についた。

そして夫は、昏倒しているわたしを発見し、119番通報をしたというのだった。

「ガリップが知らせてくれた。ガリップが発見してくれなかったら手遅れになっていたかもしれない」

そう、夫は繰り返した。

手遅れとは、なんのことだったのだろう。わたしの体に危険が及んだということか。だって、もうとっくに、手遅れになったあとだったから。

わたしは子どもを失った。

ガリップがわたしになにをしたか、わたしは夫に言わなかった。彼は、ガリップがわたしを助けたのだというストーリーを信じ込んでいたし、ガリップが二階にいて大声を出してわたしを呼び、傷つけようという意思を持って飛び降りてきたなんていう話を、信じるとは思えなかった。

そしてわたし自身、まだ整理できずにいる。ガリップはほんとうのところ、あのとき何がしたかったんだろう。

わたしが退院して戻ってきたとき、ガリップは遠くから見ることしかしなかった。夫はわたしがガリップにお礼を言うだろうと思っていたみたいだけれど、ガリップが近づいてこないので、わたしが機会を逸したと考えたようだった。

ガリップは、わたしたちが思うより複雑な性格なのかもしれない。あるいは、ちょっと文句を言おうと思っただけで、流産させようとまでは思っていなくて、ことの大きさに驚いていたのかもしれない。わたしにはわからない。

ただ、あの事件があってから、ガリップがときどきとても深い哀しみをたたえたような目でわたしを見ることがあった。そしてわたしも、似たようなまなざしでガリップを見るようになったのだった。

だって、わたしたちは何度も、彼女の巣を壊した。一度はほんとうに卵を奪って廃棄し、子どもをはぐくもうとした巣を捨ててしまった。わたしたちが彼女にしたことと、彼女がわたしにしたことは同じだ。

わたしはあれから二度妊娠し、二度とも流産した。一度目の流産のときの手術に、なにか問題があったようだ。それともたんに、子どもをはぐくみづらい体だったのか。だから、そもそも最初の妊娠も流れてしまったのか。二、三段ほど足を踏み外して強く腰を打ったとはいっても、それだけでは流産などしない妊婦もいるだろうに。

三度目の子どもが流れてしまったとき、夫はわたしの両手を握って言った。

「子どもがいなければならないということはない。二人でいられて、楽しく暮らしていければそれでかまわない。陽子の体に負担をかけたくない。ガリップを子どもだと思って、二人と一羽で暮らしていこうよ」

最初の流産事件のときは、お互いに近づかないようにしていたわたしとガリップだったが、たしか二度目の流産のときは、ガリップはわたしに近寄ってきて、首筋をわたしの腹に押し当てた。その哀しみを知っているよ、と言っていたのかもしれない。わたしは急に泣きたくなって、しゃがみこんでガリップの首にしがみついて泣いた。

三度目に流産したときは、ガリップは家の中に入ってきた。わたしと夫が眠っている部屋にやってきて、足元にうずくまって寝た。わたしのほうに首を伸ばしてきたから、何度も何度も、撫でてやった。

結婚して十年が経ち、子どもを産むのをあきらめたころに、わたしは働きはじめた。

家からバスで通える街の歯医者さんで、受付のアルバイトを探していたのを見つけたのだ。子どもがいないのだから、生活費のために仕事をする必要はなかったけれど、畑仕事と家の用事ばかりで誰にも会わないのもつまらないのではと、夫に言われたのがきっかけになった。思えば、よくもまあ十年も、夫とガリップとわたしだけの生活を続けていたものだと思う。

それからの二十年は、気がつけばあっという間に過ぎた。

夫の生活はほとんど変わらず、朝起きて、ガリップに餌をやり、食事を食べて出勤し、夕方にガリップを車に乗せて帰宅した。土日は畑仕事をしてガリップと昼ごはんを食べ、たまにわたしたちは諏訪湖にピクニックに出かけた。冬にはワカサギを釣りに行った。

少しお金が貯まると、夫婦で旅行をする。一度だけヨーロッパに行ってみたけれど、二人とも英語ができないので緊張して楽しめず、旅は国内がいいということになった。

行っても二泊三日くらいの温泉旅行なので、その間、ガリップはひとりで過ごしているらしい。わたしたち夫婦の旅行は、だから秋から冬に限られる。その時期だと諏訪湖に白鳥たちが来て、ガリップもさみしくないだろうと思うからだ。夫はお酒が好きだから、お土産は旅行先で買う地酒が多く、そのほかにも土地のおいしいものなんかを買って戻って、晩酌をするときにガリップもちょっと呑んだ。

呑むと陽気になってガリップは歌を歌った。瀕死の白鳥というわけではないから、とくに美しいわけではない。ガリップは歌も歌うし、よく話しかけてくる。なんと言っているのかあいかわらず不明だけれど、長くいっしょにいるとわかるような気がすることも多い。

夫が定年退職を迎えたときは、思い切ってガリップもいっしょに旅行に出た。大きなバンを借りて、北海道旅行をしたのだ。ガリップも相当な年だったし、人間といっしょの旅行なんかして体に障らないか、少しは気になったのだが、こんなのは一生に一度のことだからと夫は言った。

屈斜路湖《くっしゃろこ》の岸辺にガリップを連れて行ったとき、彼女は空と山と雪原と湖と仲間たちの姿が作るシンプルな美しさに圧倒されているように見えた。それでも、少ししたらおずおずと仲間たちに交じって、湖の上を静かに漂い始めた。ウトナイ湖、大沼《おおぬま》公園、風蓮湖《ふうれんこ》、濤沸湖《とうふつこ》。わたしたちは白鳥の群れの見られる湖をめぐる二週間の旅をした。ガリップは目を輝かせて、プワップワッと幸せそうに鳴いた。

コハクチョウの寿命は、三十年ほどと聞いたが、ガリップはそれを超えてまだ元気だ。夫も病気一つしない丈夫な人で、わたしたちはおだやかな結婚生活を送ってきたと思う。最初に逝くのがわたしだとは想像もしていなかった。下血と貧血があって病院に行くと、直腸がんだと診断された。

ステージが進んでいるということで、腫瘍は手術で取ったが、転移は防げないと言われた。放射線などの治療はせず、痛みなどの緩和ケアだけしてもらうことにした。

半年は生き延びたがもう終わりは見えている。

横になったわたしを、ガリップは毎日見舞いにやってくる。長い首を布団に預けていっしょに横たわるような姿勢になり、ときどきこちらを見て話しかけてくる。

心配しなくていい、彼のことは面倒を見るから。

わたしの心残りを察して、ガリップはそんなふうに言う。

いつか夫はわたしに言った。ガリップを子どもだと思って、二人と一羽で暮らしていこうと。あのとき夫は、ガリップにはなんと言ったのだろう。わたしが聞き分けたように、彼女も聞き分けて、わたしとの同居を受け入れたけれど。

ガリップは病気のわたしにやさしくしてくれる。わたしはときどき彼女を、自分の母親のように感じることがある。肉親との折り合いがよくなかったので、こんなふうに気遣われたことがあまりないのだ。

水田蘭の妻はどちらなのだろう。わたしだったのか。ガリップだったのか。

もう少ししたら、それもはっきりするだろう。

わたしは朦朧とした意識の中で、彼と彼女にさよならを言う。

オリーブの実るころ

このマンションには十年以上住んでいるので、近隣の変遷も多く目にしてきた。

路地を挟んだ向こうは、何年か前から駐車場で、その隣には、古くからこの地にいると思われる老人の住む古い木造の家があり、お世辞にもきれいとは言えないながら、つたがからんで壁を覆いつくしたその家にはちょっと風情があった。しかし、その家の持ち主も亡くなったのだろう。更地になって、囲われて、売地の札が立ち、写真付きの間取り図が貼り出されて、とうとう、間口のそう広くない、三軒並びのテラスハウスが建ったのは、二年ほど前のことだったか。

そんなふうに土地も家も小さくなると、若い世代の手に入るというわけで、たいがい小さな子どものいる若い夫婦が住むようになる。

だから、新しく建ったその家の一軒に、前の持ち主と似たような年恰好の、白髪頭の老人が引っ越してきたのは、少し意外な印象があった。小柄で、でも、わりにしっかりした頑丈そうな体をしていて、七十代の後半から八十代前半くらいには見えた。とてもきれいな白髪をしていた。

三軒のテラスハウスにはそれぞれ小さな前庭がある。その老人は越してきて間もないうちに、その前庭にオリーブの木を二本植えた。平日からかいがいしく庭仕事をしているので、仕事はリタイアした後なのだろう。

地植えを終えると玄関先に折り畳みの小さな椅子を出して、満足そうに腰を下ろして、麦茶かなんか飲んでいる。

買い物の帰りにその姿を見かけて、

「オリーブ、素敵ですね。実は生《な》るんですか？」

と、声をかけると、

「さあねえ、日当たりがいいから生るんじゃないでしょうか。わたしも初めてでね。違う種類のものを二つ植えると実をつけるというから、そうしてみたんです。生るかどうかは、まあ、やってみてのお楽しみってことで」

と、意外にきさくな返事をくれた。

「オリーブは、木があるだけでもおしゃれですから、実が生ったら、めっけもんくらいの感じですよね」

「ご近所ですか?」

「ええ。隣の駐車場の向かいのマンションです」

「じゃ、オリーブが生ったら取りにいらっしゃいよ」

「ええ?　ほんとですか?」

「どれだけ生るか、知らないけどね」

「ありがとうございます。なんだかとても楽しみです」

そんな言葉を交わして、会えば挨拶する仲になった。

ツトムさん、というのが、老人の名前だった。関西のほうで事業をやっていたのだけれども、経営をすべて次世代に譲って、東京に出てきたという話だった。

「会社の引継ぎに思いのほか時間がかかってしまいまして。もう、ほんとなら、介護施設にでも入居する年齢なんですけどね」

たしかにツトムさんには品のいいところがあって、テラスハウスはそんなに大きな家ではないけれども、ご本人は裕福な家の人という雰囲気がした。

そんなツトムさんと食事をするまでの仲になったのは、じめじめした梅雨がまさに明けたというその日に、青大将に出くわしたことが大きい。

東京は、山手線の内側の住宅地だから、そんなものとは無縁と思うのは、あきらかに間違いだ。住宅地には庭もあるし、神社や寺の裏にはうっそうとした雑木林もあるから、ここらはあんがい、生物多様性に満ちている。

見えないところにいてくれるぶんには、長くてもにょろにょろしていても、こちらとしてはかまわない。問題は、ひどく雨の降った日の翌日に、低層のうちのマンションに侵入し、のたりのたりと階段を上って、我が家の玄関の前の壁をよじ登っていたことで、それを見つけたわたしはパニックを起こすことになった。

あいにく日中で夫は留守にしていたし、なにをどうしたらいいかわからない状態で、バタバタと階段を駆け下りた。マンションの一階の共有部分には柄の長い箒《ほうき》と塵《ちり》取りが置いてある。とりあえず、その柄の長い箒を手にして、いったんは階段を上りかけたが、どうしても踊り場より上に行くことができない。

階段を途中まで上がったり下がったりを繰り返したあげくに、どうしたらいいかわからなくて、箒を持ったままマンションのエントランスにある植栽を囲む低いレンガ塀にボケッと腰かけていたら、そこにツトムさんがたまたま通りかかったのであった。

「どうかされましたか？」

「あ、はあ。じつは、うちのマンションに、いま、蛇がいて」

「蛇?」

「はい。けっこう大きな」

「長さはどれくらい?」

「さあ、くねくねしてる姿で、一メートルくらいはあったから」

「ああ、それじゃあ、青大将でしょう。青大将なら、心配ないですね」

「心配ない?」

「毒がありませんから。いま、どこにいます?」

「それがよくわからないんです。十分ほど前には、二階のわたしの部屋のドアを開けると、壁を上ってたんです」

「じゃ、ちょっと、見てみましょうか」

ツトムさんは大股で階段を上って行った。わたしはおそるおそる後からついていったが、案の定、蛇は二階の壁を天井に向かってのんきに這い上っている。ツトムさんは長いものを見据えると、わたしから箒を取り上げ、ちょっと後ろを振り返って言った。

「なにか、袋を持ってきてもらえませんか。紙袋でも、ビニール袋でもいいんですが」

「入れるんですか。じゃあ、少し大きいのがいいですね」

「そうですね。持って歩くと近所の人に驚かれてしまいますからね」

「はい、じゃあ、取ってきます」

わたしは蛇とにらみ合っているツトムさんの横をすり抜けて、家に袋を取りに戻った。

大きめの紙袋を手にそっとドアを開けると、ツトムさんが、箒の柄の部分でそいつの胴をつんつんと突っついていた。

すると、あの長いものが、なにを思ったか胴体の下半分を壁にくっつけたまま、ぐわんとその上半身を伸ばして垂れ下がってきた。それから、大胆に身をひねって、箒の柄にぐるんと巻きついてきたのだった。

蛇は、まずは下半身もその箒にしっかり巻きつけ、それからまた上半身を自由に振り回して、箒をさかさまに構えている老人男性を威嚇する態度に出た。わたしはそいつが箒の柄からジャンプして老人に飛び掛かるのではないかと気が気ではなかった。

しかし、案外、蛇という生物も気弱なようで、そのうち自ら体を知恵の輪のように複雑に折りたたんで箒の柄に巻きつけておとなしくなった。

「袋に、入れますか？」

「だいじょうぶ。うまくやりますから、口を広げて持っててください」

わたしは袋の口をできるだけ広げ、万に一つもわたしの手に蛇のにょろにょろした胴体が触れませんようにと願いながら、へっぴり腰で距離を取った。

ツトムさんは左手に持った箒の柄を、軽く空中に投げてつかむことを繰り返してだんだんと自分の手と蛇の距離を短くしていき、警戒してじりじりと身を縮めていく蛇に向かって、右手をすっと伸ばしたかと思ったら、首のところをあっという間に素手でつかんだ。そう、素手で。軍手すら嵌《は》めていない。

「うわっ」

と思わずわたしは声を上げて後じさった。

それから箒の柄を回して、絡みついた蛇の胴体を柄から外していく。蛇のほうは、この新たな展開にまだ気持ちがついていかないのか、されるがままにだらりとその体を箒から外して垂直に体を垂らした。

いまだとばかりにツトムさんは箒を投げ出すと、さっと左手で蛇の胴体を持ち上げた。

「袋、お願いします」

内心、非常に動揺してはいたのだが、ともあれ、へっぴり腰のまま口を開けた紙袋をさっと差し出すと、ツトムさんは両手で持っていた青大将をぽとりと袋の中に落とし、間髪を入れずに、わたしから袋を引き取った。

「なんか、お見事って感じです！」

と、わたしは称賛した。ツトムさんが紙袋の口をしっかり握ってしまったので、蛇は戦意を失ったのか、袋の底でじっとしていて、出てこようとはしなかった。

「どうしましょうね、その蛇？」

おそるおそる尋ねると、ツトムさんはとくに困ったような表情も見せず、

「このあたりに住んでる青大将なんでしょうから、草や木のあるところへ持っていけば自分で帰り道を見つけるでしょう。梅雨が明けたらあんまり暑くて、マンションの壁で体を冷やしていたのかもしれないね」

と言った。

ぎらりと太陽の照りつける暑い日だった。わたしは紙袋を持ったツトムさんといっしょに表に出て歩き始めた。

わたしはこの界隈に住んで長いという自負があり、ツトムさんはついひと月かそこら前に引っ越してきたばかりのはずなのに、彼は悠然とわたしの入ったことのない路

地を通って、小さな祠《ほこら》のある場所に出た。十年以上住んでいるのに、こんなところには来たことがなかった。祠の手前には一対のお狐様が祀《まつ》られていて、朱塗りがかなり剝げてきた鳥居とお神酒《みき》のように見える徳利を置いた祠が、雨ざらしになって建っている。ただ、誰も世話をしていないわけでもないようで、しめ縄に下がった紙垂《しで》は、そう古いものでもなさそうだった。ツトムさんは持ってきた袋を祠の脇に下ろし、口を開けてそっと揺すった。

蛇はそれを合図におとなしく出てきて、するすると線を描くようにして祠の裏の雑木林に消えていった。

「ずいぶん変わってしまったけれど、ここらあたりは変わりませんねえ」

ツトムさんが、少し感慨深げに見回した。

雑木林が陰を作っているので、暑い日なのに多少の涼が感じられて、静かな中に葉擦れの音だけが聞こえて、自宅の近くの空間にいるのを少しだけ忘れさせられた。ともあれ、蛇が叢《くさむら》に去って行ってしばらくしてから、わたしたちは来た道をたどってマンションの建つ場所に戻った。

「このあたりのこと、よくご存じなんですね、ひょっとして、ここに引っ越される前も、お近くにお住まいでしたか？」

あまりなにも考えずに尋ねると、ツトムさんは照れ笑いのような、困り顔のような、不思議な表情をしてみせた。

「ええ、以前に」

「なんだ、そうだったんですか！　どうりで。わたし、さっきの祠があるところなんて、はじめて行ったんですよ、もう十年以上ここに住んでいるのに。ツトムさんのほうがお詳しいですね、きっと」

話の流れでそんなふうに言ったわたしは、それに対して次のような言葉が返ってくるとは思わなかった。

「以前といっても大昔です。半世紀以上も前のことです」

「半世紀以上？」

「いやもう、あんまり昔過ぎて、ほんとにあったことだかどうかもわからなくなりますよ」

ツトムさんは、笑って手を振って、帰って行った。

「昔、わたしはこの近くで、ある人と結婚生活をしていたことがあるのです」

ツトムさんが、蒸かしたトウモロコシを食べながらそんなふうに話し始めたのは、蛇事件から少しして、我が家に大量に野菜が送られてきた週末のことだ。

夫の仕事の関係の方から、お中元がわりに段ボールいっぱいの野菜が送られてきたので、ばったり出会ったツトムさんに、少しお分けしましょうかと声をかけたら、ツトムさんも、一人ではぜったいに食べきれない量のラム肉が家にあるという。それじゃあ、週末、いっしょにジンギスカンでもしましょうか、という話になって、我々夫婦はツトムさんのテラスハウスにお招きにあずかることになったのだった。

うちからは夏野菜と水蜜桃、やはりもらいものの焼酎を一瓶抱えていき、ツトムさんは、すでにタレに漬け込まれたラム肉たっぷりと、白飯、茗荷を散らした豆腐の味噌汁を用意して待っていてくれた。テラスハウスの中は、簡素な家具が置かれているだけだったが、そのぶん、生活感がなかったので、老人の一人暮らしという寂しさは感じられなかった。わたしたちはちゃぶ台を囲んで三人で床に座った。窓の外に、前庭とは別の、小さな庭があって、置き型の照明器具が芝を照らしていた。

なんだか優雅な夏の夜だった。

「結婚をされていたんですね？　それが、半世紀前？」

好奇心にかられて、少しぶしつけな質問をすると、ツトムさんは、うんうんと、首を縦に二度振った。

「わたしはまあ、その、言ってみれば、前科者です」

ツトムさんは、少しお酒に酔い始めたのかもしれない。前科というのは、その遠い昔の結婚が破綻したことを言っているのだろうかと思い、わたしと夫はあいまいに微笑んで見せた。あまり、気の利いた相槌を打てそうに思えなかったからだ。ところが、

「ほんとうにそうなんです。刑事事件になっていれば有罪になったでしょう」

と続けてツトムさんが言うに至っては、ほんとうにわけがわからなくなった。

ただ、表情からは、半世紀以上前だったというその結婚のことを、この地で懐かしく思っていることが感じられたので、

「まあ、ここだけ。わたしたち、三人だけでこっそり」

とかなんとか言いながら、水割りの焼酎を入れている染付の蕎麦猪口をかちんと合わせて、その短く終わったらしい結婚と、思い出の地のために乾杯をした。

ツトムさんは、ひょっとしたらこの話を誰かにしたかったのかもしれない。あるいは、わたしが小説家だと名乗ったので、話のタネを提供してやろうという親切心だったろうか。お酒が回ってくると、ツトムさんはまた、話し始めた。

「当時は二十代で、わたしたちも若かった。わたしたちの出自は、北海道です。どこ

とは申しませんが、もう廃線になってしまった鉄道の終着駅があった、小さな漁港の町でしてね。わたしたちが子どものころは、まだ、ニシン漁が盛んでした」

わたしたち、というのは、結婚相手とツトムさんのことらしかった。話が進むとツトムさんがその女性のことをノエさん、と呼んでいることがわかった。

「知り合ったのは二十代の初めのころです。わたしの家は小さいが漁場を持っているニシン漁師の家でしたが、わたしは親の意向で仙台《せんだい》の大学に行かせてもらいました。専攻したのは経営で、親との約束どおり、卒業して家に戻り、漁師の見習いを始めました。ノエさんと出会ったのはそのころです。ノエさんの家は食堂をしていました。港の近くの食堂で、高校を出てからずっと親の手伝いをしていたんです。わたしたちは、出会ってすぐにお互いを好きになりました。六〇年代の初めごろのことです」

となると、五十年どころか、六十年近く前になるのかもしれない。

「昔、昔のお話ですよ。ロケットが月に飛び始めていましたが、まだまだ、窮屈な時代だった。田舎ではとくにそうでした。わたしたちは、出会う前から引き裂かれていたようなものです」

「出会う前から？」

「はい。わたしには当時、妻がおりましたので」

「え？」

わたしの口は、驚きのために、ぱかっと開き、せっかくのジンギスカンがなかなか口の中に入ってこなかった。

「妻がいた？」

おなじようにびっくりしている夫が問いただした。

「はい。わたしには、当時、妻がおりました。わたしの家の本家にあたるのは、ニシン漁で大もうけした旧家でして、跡取りがいなかったものですから、幼少の時分から、わたしが婿入りをして継ぐと決まっておりました。大学で本州に行くにあたって、故郷の地でいいなずけと結婚式を挙げ、妻のいる身となって仙台へ行ったのです」

「ちょっと待って。それは」

また、夫が口をはさんだ。

「それは、ノエさん、ということではなく？」

「いえ、ノエさん、ではなく、別に妻がおりました」

ほほお、と、我々夫婦はため息を漏らした。

「ノエさんの前に、別の人がいたんだ」

「おりました。大学を卒業して故郷に戻って、父のもとで漁師をしていたのは、本家がその地方の大きな網元だったからでもあります。父は本家から少し漁場を分けてもらって漁をしていたのですが、いずれにしても漁業の仕事をするなら、現場も知るべきだというのが、父と本家の意向でもあったのです。しかし、大学に行く前に籍を入れていましたから、そのころはまだいっしょに暮らしていないとはいえ、わたしは妻帯者でした」

「妻帯者！」

「わたしとノエさんは人目を忍んで会い続けました。わたしは葛藤しました。いっしょにいたいのはノエさんなのです。しかし、わたしには妻がいるのです。そしてとうとう、わたしは船を降りて、本家の経営を手伝う婿として、妻と名実ともに夫婦となるように命じられました。わたしは動揺しました」

「なんだろう、この、ロミオとジュリエット感！」

「というか、どちらかというと、江戸時代的な、と言っては失礼ですが」

「いまから半世紀以上前のことです。しかも地方の、古い因習の残る町の話です。ロミオとジュリエットとか、そんなかっこいい話ではないんです。そうですねえ、江戸時代的かもしれないですねえ。だって、あれですよ。わたしの役割は、跡取りを作ることだったんだから！　本家の大きな家に、移り住む日が刻々と近づいてきました。わたしは舅に呼び出され、こんこんと、婿としての心構えを説かれました。妻と妻の両親は、わたしに子孫を作ることを要求しました。非常にわたしは、苦しかった」

「それはなんだか、想像を超える苦しさですね」

夫はほんとうに、苦しそうに相槌を打った。

「うーん、いまから思い出してみても、あれくらいしかできることはなかったと思いますよ。我ながら、大胆な行動でしたけれどもね」

わたしと夫はジューシーなラム肉を咀嚼し、焼き野菜を皿に取った。大胆な行動について聞く前には、しっかり腹ごしらえしておかなければならないような気がした。

「なにを、なさったんですか？」

「まず、わたしは失踪しました」

「シッソー？」

「はい。昭和三十年代初頭には、乱獲の影響か、ニシン漁がまったくだめになっていましたが、戦後、GHQによって規制されていた北洋漁業が復活しており、本家はこちらに活路を見出そうとしておりました。わたしはこれからの家業のためには、どうしてもサケ・マス漁に出ておく必要があると、親や本家を説得したのです」

「サケ・マス？」

「サケ・マス」

ツトムさんとノエさんのラブストーリーは、どこに行くのだろう。しかし、きっとこの、いま食べているラム肉も、そうすると北海道から来たのかな、というようなことを、ぼんやり考えながら、わたしは話を聞いていた。サケ・マス？

「ほんとは、なんでもよかったのです。船に乗って、遠くへ行くことが目的でした。本家の呪縛から逃れるには、中途半端なことではだめだ。遠洋漁業に出て、ぼくは失踪する。しかし、かならず君のもとへ戻ってくる。そう、わたしはノエさんに話しました」

どうやらラブストーリーは続いているようであった。

「わたしは、昭和三十六年に北洋漁業の船に乗りました。そして遠くベーリング海でのサケ・マス漁に従事したのです。サケ・マス漁は、春から夏にかけて三ヵ月ほど北洋に出ます。そのときしか、チャンスがないと思ったのです。というのも、当時は、ソ連の国境警備隊やアメリカの沿岸警備隊が、日本の漁船に目を光らせていて、よく、拿捕事件というのがあったものですから」

「ダホ？」

「はい。拿捕事件です。領海侵犯で捕まってしまうのです。よくありました。とくにソ連に捕まると、なかなか戻れない。失踪といえば、拿捕されて帰ってこない人のことが、すぐに頭に浮かんだものです」

「え？　では、その、ツトムさんは、ソ連かアメリカに捕まりに行ったのですか？」

「本家の呪縛」とやらがどのくらい大変なものなのかは想像しかねたが、だからといって、わざわざ外国の警備隊に捕まろうというのは、いくらなんでも無謀だろう。

「いえいえ、さすがにそんなことは。ほんとに捕まったら、それこそいつ帰れるかわからない。捕まったことにして失踪しようと、計画したわけですね」

「なるほどー」

わたしと夫は安堵のため息をつき、喉に水割り焼酎を流し込んだ。

「当時のサケ・マス漁は母船式ですからね」

「ボセンシキ？」

「知りませんかね。巨大な母船といっしょに、独航船が船団を作って漁に出るわけです。母船は海の上の巨大な加工工場ですね。独航船が流し網で魚を獲ってきて、母船に揚げる、そういう方式なわけで、いくつもの船が一斉に出航するのです。わたしは独航船の一つに乗って出かけたわけです」

「独航船というのは、一人で乗るんですか？」

　わたしがまぬけな質問をすると、横にいた夫が迷惑そうに答えた。

「そんなことはないだろう。覚えてないの？　昔は北海道から北洋漁業の船団が出るときはニュースになってたじゃない。独航船っていうのだって、かなりでかいんだよ」

「まあ、そういうわけです。一人ではありません。わたしはその独航船から脱出し、別の独航船に乗って帰ってくる計画を立てました。自分の船の仲間には、いなくなったと思わせて、知り合いの船に乗せてもらって、本州のどこかにでも下ろしてもらう」

「うまくいったんですか？」

「獲った魚を母船に届けるときに、行方をくらましました。もとの船からは、救命用のボートを一つ、沖に放しておく小細工などもしましてね。あれはあまり役に立ちませんでしたかね。ともあれ、誰が信じたかはわかりませんけれども、あいつはレポ船に乗ったというデマも流しておきました」

「レポセン？」

「はい。レポ船」

「レポセン、とは？」

「さきほども言いましたように、そのころの北洋漁業は、ソ連やアメリカとの追いかけっこがよくありました。しかし、北方の海は、日本の漁師にとっては勝手知ったる自分の海です。漁がしたいわけですね。ですから、ソ連の国境警備隊と仲良くなって、彼らの欲しがるものを提供することで、ソ連領の海での漁を見逃してもらうというのは、じっさい、あることだったのです」

「欲しがるものってのは」

「まあね。社会主義の国ですからね。禁じられてる雑誌みたいなのだったり、日本製のビールとか、そんなものもありましたし、警察やなんかの情報を売ってる連中もいたそうですね。スパイってことでしょうかね。公安の内部資料を流したという話もありました。情報、レポートを売るというので、レポ船と当時は呼んでました」

スパイ！

わたしと夫は、また、ほおおと息をつくことになった。

「しかし、スパイになったみたいなことを、デマであれなんであれ、故郷に伝えられては、お立場が悪くなりませんか？」

ツトムさんは、ほどよく赤くなった頬をゆるめて笑った。

「若かったもんですからね。それこそ、立場がうんと悪くならないと離婚できないと思い詰めたわけです。レポ船に乗ったあげく、ソ連あたりに行ってしまった婿なら、いくらなんでも離縁だろうと」

「なるほどー」

「そのころね。失踪して三年すれば離婚できるという話を聞いていたんです。夫が生死不明のまま三年間見つからなければ、妻は離婚するというか、廃嫡のようなイメージですね」

「はいちゃく……」

「誰かから、そんなことを吹き込まれたものですから、よく調べもせずに、三年の我慢だ、三年すれば自然に離婚になると、こう、思い込んだわけです」

「まあ、離婚というものは、自然現象ではないわけだから」

「それで、三年経って、離婚を?」

「いや、それが、とにかく大きな家だったもので、そんな噂は意地でも立たせないように、いろんなところへ釘を刺したり、お金も出し惜しみせずに使ったようで、わたしの筋書きは、あまり成功しませんでした」

「じゃあ、まあ、スパイというような噂は立たずに」

「そうですねえ。どこかで立ったにしても、それで離縁というようなことにはなりませんでしたし、わたしは噂を聞くようなところにいませんでしたから」

「噂を聞くようなところにはいない、と」

「わたしは失踪には成功したのです。八戸《はちのへ》のほうから稼ぎに来ていた船に乗せてもらって、本州へ上陸し、そのまま姿をくらましました。ノエさんにだけは、偽名で手紙を書いて送りました」

「偽名、ですか！」

「武藤殿悦《むとうとのえつ》というんですよ。ばらばらにしますとね、ノエとツトムという言葉になるんです。めちゃくちゃなことをしているのに、どこか遊んでいるような気持ちもあったんですね。考えてみれば、変な名前だな」

ツトムさんはそう言って、白髪頭を掻《か》いた。

「若いときというのは、浅はかなものですね。ともかく、いっしょになりたい。わたしは東京に出ました。失踪者にとっては、田舎町よりも都会のほうが、隠れやすいですからね。そして、唯一、心を許せる高校時代の友人が東京におりましたので、事情を話して、彼の名前で部屋を借りてもらって、このあたりに落ち着いたんです。この場所を選んだのは友人で、大家さんとのつながりかなんか、あったんでしょう。わたしは満を持して、ノエさんを呼び寄せました」

「ああ、じゃあ、そのときに、お二人はこの近くに住まわれたんですね」

ベーリング海まで行ってしまった話が、ようやく近所にもどってきた。

「はい。先日、蛇を逃がした、あの祠のすぐわきにあったアパートでね」

ツトムさんは目を細めて、少しあごを上げ、なにか思い出すような表情で黙った。ノエさんとの日々を回想しているに違いない。わたしと夫は話の展開に呑まれるような気分で、しばらく無言で肉をつついたり、水割り焼酎に口をつけたりした。

それから夫が、ふと思いついたことを口にした。

「ノエさんは、ツトムさんといっしょになると言って、家を出られたんですか？」

「いや、そういうわけにはいかない。そんなことは言えないです」

「すると、ノエさんも、失踪、みたいな感じ？」

「ノエさんも考えましてね。考えた末に、どうしても、坂本九《さかもときゆう》ちゃんを生で観たいんだと言って、日劇ウエスタンカーニバルのチケットを取りましてね」

「九ちゃん？」

「日劇ウエスタンカーニバル？」

「そう。それを口実に、親を説得して東京に出たんです。それはもう、ほんとに、周到に、虎視眈々と。ファンクラブの人に頼みこんだりして、ノエさんがひとりで計画してがんばってくれましたので。漁港の食堂の、のんびりした娘が東京へ出る口実なんて、ほかに考えつかなかったのでしょう。まあ、それで首尾よく、ノエさんも東京に出てきまして、そのまま、北海道には帰らず、二人で暮らし始めたわけなんですよ」

「それで、そのう、行かれたんですか、その、坂本」

「九ちゃんですか？　日劇ウエスタンカーニバルですか」

「いや、そこは本筋とは関係ないような気もするけれども」

「ノエさんがひとりで行きました。チケットは一枚しかなかったから。そのころの大スターが夢の競演だったそうで、この大スターたちが、わたしを東京に呼んでくれたんだと、何度も言ってましたね」

ベーリング海から失踪したことになっているツトムさんと、坂本九ちゃんを追いかけて日劇ウエスタンカーニバルを観に東京に出たノエさんは、東京の一角の四畳半のアパートで暮らし始めた。

そして、二年が過ぎ、三年が過ぎた。しかし、四年が過ぎようとしても、いっこうに、北海道の海辺の町の本家にいる妻が、不実な夫と離婚して、もっといい人を迎えることにしたという話が聞こえてこない。

「あのまま静かに東京で暮らしていればよかったのかもしれません。結婚しようと考えたのが間違いだった」

「見つかってはいなかったわけですよね」

「ええ。ただ、やはり、部屋だって他人の名前で借りている。住民票もない。逃亡生活というのは不自由なものです。船に乗っていたときに貯めた金と、知人に回してもらう仕事の報酬で暮らしていましたが、かつかつの生活でした。三年過ぎれば離婚になると思い込んでいたのが、間違いだったこともわかりました。可能性としてはあるんでしょうが、妻が離婚したいと思ってくれなきゃ、どうしようもない」

ああ、それはたしかにそうだ、と、わたしと夫は思った。

「あのころ、結婚したくてね。毎日の会話だって、そのことばっかりです。それで、思いつめた末に、まあ、バカなことしましたかね」

「バカなこと、とおっしゃいますと」

失踪の上に、いったいまたなにをしたんだろうと、聞いているこちらは身構えた。

「結婚することにしたのです！」

宣言するような口調のツトムさんは、すっかり両頰が赤くなっていて、なんだか声も大きくなってきていた。

「結婚、することに？」

「そう。もう、結婚したくってね。だけど、そのためには離婚しなくてはならないわけですよ」

「まあ、それは、そうですね」

「それで、矢も楯もたまらず、離婚届を出してしまったんです」

「離婚届を！」

「はい。有印私文書偽造ですかね」

「ゆういんしぶんしょぎぞー！」

「そして、なぜか受理されてしまったんです！」

ツトムさんの赤い顔は、酔いにまかせて左右にゆらゆら揺れていた。

「受理された？」

「はい。離婚届は、わたしたちが勝手に書いて、勝手に判子を押して、知人を証人にして、友人に頼んで出しに行ってもらいました。はい、本籍地のある役所で出しました」

「でも、その町では知られた家なんでしょう？　役所の人は、おかしいと思わなかったのかなあ」

　夫はいぶかしげにあごひげを撫でた。

　ゆらゆらしている赤い顔のツトムさんは、ほんとにわからないというふうに首をひねった。

「ねえ。わたしもね、うまくいって驚いたくらいなんですよ。だけど、もしかしたら、知られた家だったから、うまくいったのかもしれないですね。わからんものです」

「知られた家だったから？」

「出しに行ったのは、友人の、そのまた友人でしたが、黙っていると、たいへん、どう言いますか、そのう、含むところを感じさせる顔の方だったそうです」

「含むところを感じさせる顔！」

「三年も四年も、夫が失踪していることは、その町の人間なら誰でも知っていました。そして、その家の人間が、家の事情をあまり公にしたくないことも、暗黙に了解されていました。だからね、役所の人が、勝手に事情を汲んじゃったのかもしれない」

「忖度というか」

「本家が秘密裏にことを進めたがっている、ここはなにも追及せずに、黙って受理するところだぞと、勝手に思ってくれたのかもしれない」

「なるほど。そんなこともありますかね」

「なぜ受理されたのかは、謎です。若い、なにも知らない職員がぼんやり受け取ってしまったのかもしれません。いずれにしても、離婚は成立しました」

「うわあ、それじゃあ、裁判したら有罪に、というのは、ツトムさん、重婚ですか！」

わたしは思わず声を上げ、夫がたしなめるように腕をつかんだが、赤ら顔のツトムさんはとくに動揺もせずに、そうなんですと、うなずいてみせた。

「正式な結婚でした。本籍地は東京に変えました。逃亡生活の間、ノエさんはこっそり、親に心配しないでほしいという手紙を書いていましたが、結婚のことも手紙で知らせ、いろいろなことが落ち着いたら、ちゃんと夫に会わせると伝えました。差出人の住所は書きませんでしたが。ノエさんのご両親は誰にも言いませんでした」

「それで、ツトムさんとノエさんは、お幸せだったわけですね？」

「夢のようでした。わたしたちはとうとう、いっしょになることができたのです。昭和四十年の春のことでした。ソ連の宇宙飛行士が宇宙遊泳に成功したりしていました。わたしたちも、宇宙を遊泳しているような気持ちでした。なんと言いますか、ふわふわした新婚生活でしたね」

「それまでもいっしょに暮らしていらしたけども、結婚されるとまた、違うもんですか？」

「そりゃもう、ぜんぜん違いますね。もう、なんだか、いまから考えると、おとぎ話の中の出来事のようですけども。あれです。昔話の、結婚してめでたし、めでたし、みたいな感じです。ハッピー・エバー・アフターです。きっちり、二ヵ月と三日ね」

「きっちり、二ヵ月と三日？」

うん、と言うように、ツトムさんは首を下げ、それからぷっつり、話をやめてしまった。ふと気づいたように立ち上がって、ツトムさんはCDで音楽をかけた。わたしの知らない曲だった。女性の歌手が歌っている言葉は、フランス語のように聞こえた。

それからしばらくして、ツトムさんはもう一度話し始めたが、先の話は淡々としていて、あまり楽しそうではなかった。

奇跡的にうまくいったかに見えた離婚と結婚だったけれど、やはりそれは露見したのだった。ツトムさんが勝手に離婚届を出した行為は有印私文書偽造、同行使、公正証書原本不実記載、同行使、および重婚という罪にあたる。本家がやとった「こわい人たち」が、ツトムさんの居場所をつきとめて、連れ帰った。民事訴訟で離婚が無効と認められ、ツトムさんとノエさんの結婚は取り消された。

ひとり東京に残されたノエさんとは、連絡が取れなくなった。

「それから本当の離婚が成立するまでに、十年かかりました」

ぽつん、とツトムさんはそう言って、庭の灯りに視線を投げた。

住宅街の夏の夜は静かで、ツトムさんが音を絞って流しているシャンソンだけが聞こえていた。よくわからないながら、モナムール、みたいな言葉が入っているのが聞こえた。

しばらくしてツトムさんはまた口を開いた。

その後、ひとりになったツトムさんは関西に移住し、友人が立ち上げた精密機械だかなにかの会社にかかわることになり、事業をかなり大きくして、つい最近まで会長職をしていたのだそうだ。その後、一度も結婚することなく。

「ノエさんは」

ツトムさんは、大きく首を左右に振った。

「連絡も、なく？」

今度は、こっくりとうなずいた。

「北海道のご両親のところには、不定期に手紙や小包が届いていたようなのですが、わたし自身が北海道とは疎遠になりましたのでね」

ときどき恋しくなるのはジンギスカンくらいですと、ツトムさんは笑ってみせた。そのジンギスカンは、すっかり食べつくされて、わたしたちは汚れた皿を台所に運んだ。

それから、冷やしておいた水蜜桃を切り、ちゃぶ台まで運んだ。ああ、ありがとうございますと言って、ツトムさんは一切れ取って口に入れた。

「でもね」

頬の赤みが引いて、酔いも醒《さ》めてきたようなツトムさんは、ちょっといたずらっ子のような目つきをした。

「彼女は幸せに暮らしたんですよ。ハッピー・エバー・アフターですよ。わたしは最近、それがわかったんです。あれから半世紀経ってね」

「ノエさんの消息がわかったんですか？」

ツトムさんは、満面の笑みを浮かべた。

わたしたち夫婦は続きを聞こうとしたが、ツトムさんはにこにこしているだけで、話してくれなかった。

「それはね、またの機会にお話ししましょう。今日はもう夜も更けましたから」

時計を見ると十一時を回っていたので、それもそうだと思い、わたしと夫はあわてて立ち上がった。ツトムさんはそのままにしておいていいと言ったけれど、ざっと洗い物を済ませ、ジンギスカン鍋だけはツトムさんにお任せしてテラスハウスを出た。

それから何度かツトムさんと会ったけれど、ノエさんの話になることはなかった。そのうち、ゆっくり、今度は我が家にお招きして、またのんびり夕ご飯でも食べながら、などと思っているうちに時間が経った。

世界を席捲したウイルスのせいもあって、なかなか人と会いにくくなってしまったというのもある。とくにツトムさんのような高齢男性を、おいそれと食事に誘うわけにもいかないので、いつのまにかそのままになってしまった。

胸の痛いことだが、今年の春になって、ツトムさんは肺炎で入院して帰らぬ人となった。新型ウイルスとは関係ないようだったが、おひとりで不自由はなかったのかと考えると、近所に住んでいながらなにもしなかったことが悔やまれもする。

ツトムさんは関西のほうにある会社の元会長だったので、葬儀は社葬となって、西のほうで行われたことを、新聞の告知で知った。ほかに何も思いつかなかったので、わたしたちは、その会社宛てに、お香典を送ることにした。

ノエさんの消息について聞いておかなかったことも、夫婦の間で何度か話題にした。ツトムさんはノエさんに会ったのか、二人はなにを話したのか、ノエさんのその後はどんな人生だったのか。

わたしがそれを知ることになったのは、ちょっとまた、奇妙ないきさつによる。奇妙といえば奇妙だが、わたしたちはようやく、あの日のツトムさんの笑顔の意味がわかった。ここから先は、ツトムさんに聞いたのではなく、わたしが多少、職業的関心のもとに調べたことなのだけれど、わたしが調べたようなことは、ツトムさんはとっくに知っていたようである。

ツトムさんが亡くなってひと月ほど経って、関西の会社から香典返しが届いた。会社の名は記憶になかったが、香典を送ったことは覚えていたから、ツトムさんが会長をしていた精密機械かなにかの会社からだということはわかった。

包みを開くと、印刷されたあいさつ文が入っていた。もちろん、香典返しに必ずついてくる定型文だったが、品物は「故人が生前に好んで取り寄せていたもの」だとあった。好んで取り寄せていたというだけで、香典返しの品にはならないだろう、ツトムさん本人が、自分になにかあったときのことを書いておいたかなにかして、香典返しも指定したに違いないと、のちに、わたしたち夫婦は結論づけた。

その品物は、小豆島《しょうどしま》のオリーブオイルだった。

製造元は昭和五十一年創業のオリーブ農園とあり、商品写真や収穫風景の脇に、農園の沿革も書かれていた。創業者夫妻の名前に、「野枝」という文字を、わたしは見つけた。

わたしは、テラスハウスに引っ越してくるなりオリーブの木を二本植えたツトムさんの、作業を終えた満足げな姿を思い出した。

オリーブ農園の創業者の野枝さんは、当時はまだ職業安定所と呼ばれていた公的な職業あっせん機関で、住み込みの仕事を見つけて東京から移住した。

当初は収穫時期限定の雇用のはずだったのだが、気候が温暖なその土地が気に入って、野枝さんはそのままそこで暮らすようになった。農園での季節労働のほかに、旅館で働いたり、飲食店で働いたりして、だんだんとその地に根づいていった。

そして、オリーブ農園の独立経営を計画している男性と出会い、二度目の恋に落ちたのだ。

農園は息子夫婦が継ぎ、その息子の代のときに、観光農園やオンラインショップも持つ事業に成長した。野枝さんは孫にも恵まれて、五年前に亡くなった。

「母が北海道の漁港で生まれ育ったことは、聞いたことがないわけではありませんが、あまりよく知りません。わたしの知る限り、母は小豆島のお母さんで、小豆島のおばあちゃんでした。言葉の訛《なま》りもこのあたりのものでしたから、言われなければ、北のほうの出身だなんて、気づく人もいませんでした」

と、農園主の男性は、話してくれた。

似たようなことを聞きに来た人が以前にいませんでしたかとたずねると、三、四年前に、どこかの会社の偉いさんをしている老人がやってきて、自分は野枝さんの同郷のものだ、と名乗った。その偉いさんはそれ以来、よく注文をしてくれた、その人が亡くなったときも、会社が香典返しにと大量に発注してくれて、コロナのせいで観光農園がからきしダメになっているときに助かりました、と言うのだった。

ツトムさんの名前を言い、友人だと名乗ると、

「ああ、そうです。その方ですよ。品のいい紳士という感じの人でした」

と、その農園主は言った。

「そうだ、その人が東京に引っ越したときには、うちから苗を買ってくれたんです

よ！」

まだはっきりとわからないのは、ツトムさんがいつ、どのようにして、その小豆島のオリーブオイルとノエさんの関係に気づいたか、ということで、これは本人が亡くなってしまったので、謎のままに残っている。

ツトムさんがあの夜、「ノエさんの消息がわかった」と言って笑った理由だが、それは長年知りたかったことが解明した喜びのほかに、ノエさんが幸せになったと知ったことが、彼を長年の自責の念から解放したのだろうと、わたしと夫は話した。

あの、三軒長屋のようなテラスハウスの一軒は、前庭にオリーブの木を二本植えたまま売りに出された。

オリーブの木はまだ実をつけないが、農園主の言葉を信じるならば、あと一年もすればきれいな実が生り始めるだろう。

春成と冴子と
ファンさん

宙生《そらお》の父に会うのがまず難題だった。

家電メーカーで定年まで勤めあげ、その後、子会社の役員にまでなった宙生の父の春成《はるしげ》は、しかし古希を迎えるとともに潔くリタイヤしてしまい、その後、しょっちゅう、放浪の旅に出ている。「放浪の旅」というのがどういうものなのか、ハツにはよくわからないが、まずは、クルーズ船に乗ってカリブ海周遊の旅に出たのだという。そこで知り合った同世代の利用者と仲良くなって、帰国後に日本国内をあちこち訪ね歩いたのがはじまりで、

「よく考えたら行っていないところばっかりだ」

と気がついたのだとかで、バックパックを担いでふらふら、あっちへ行ったり、こっちへ行ったりしている。

「お父さん、健康には問題がないの？」

いまどきの七十代は元気で、旅行代理店のお客さんなんかも、多くがこの世代だと聞いているから、お金もあることだし、健脚なら旅もいちばん楽しめる世代なんだろうと思って、なにげなくそう口にすると、

「いやもう、ぼくにはわからないよ。五年前からずっと、人工透析を週三日やってるんだからさ。慢性腎臓病でね」

「五年前から？」

「そう。もしかしたら六年かもしれない」

「じゃあ、クルーズ船に乗ったのは、その前？」

「違うよ。人工透析をしながらできる船旅があるの。二週間だったか、それくらい。それを見つけたことで、彼の人生は変わったわけよ。なんでもできると、思っちゃったんだろうね」

「人工透析って、四時間くらいかかるんじゃなかったっけ」

「かかるよ。週三日、一回、四時間ずつだよ。だけどまあ、船に乗ってるだけだからね。そこには医師と看護師が乗船していて、透析の機械も載ってる。できなくはないよね、理論的に。というか、できたから、彼は世界を経《へ》めぐったんだよね」

「なんかものすごくお金のかかりそうな船旅だね。お父さん、大金持ち？」

「小金持ち、くらいかな。旅行費用じたいは、友だちだか互助会みたいのだかの割引でばかみたいに安かったらしいのね。透析のオプションがつくから、総額は安くはないけど、出せない額ではなかったみたい」

「透析だけ受ける旅ってわけではないよね？」

「まさか！　あの人、カリブの海でシュノーケリングまでしてきたよ！」

「だけど、じゃあ、放浪のほうは、どうなるわけ？　まさか、医師と看護師と透析の機械といっしょに旅してるんじゃないんでしょ」

「行く先々で、透析を受けてる」

「行く先々？」

「そう。行く先をざっくり決めると、まず、透析のできる病院がどこにあるかを確認するらしいよ。彼の旅はそこから始まる。透析から透析への旅とも言えるんだけれども、父の場合、それがもう、人生になっちゃってるからね。週三回の一日二十四時間のうち、四時間は、透析、貴様につきあってやる。だけどあとの二十時間と週四日は俺さまのもんだって感じで」

「そんなに激しく動き回るの？　透析してない時間は」

「各地のマラソン大会に出るのも趣味なんだよね。医者は、疲れすぎるのはよくないって言うらしいんだけど、まあ、彼の人生だからなあ」

そういうわけで、放浪したりマラソンしたりしている春成をつかまえるのは、なかなか難しかった。

結局、春成が指定してきた日時は宙生が仕事を調整できず、ハツが一人で病院の近くの喫茶店に出向くことになってしまった。そんなのは、あんまりではないかと、もちろん宙生とバトルを行った末である。

ちょうどその時期に出張が入ってしまったから自分は行かれないと言い張る宙生は、

「だけど、ぼくが行くより、ハツがひとりで行った方が、親父はうれしいと思うな」

と、客観的なふりをしてひどく自己中心的な響きを持つ言を発した。

「うれしくないでしょ、知らない女がとつぜんやってきて、あなたの孫を産みますとか言うわけだから」

「どうしてさ。知らない女と知り合うのも楽しいし、その彼女が自分の孫を産んでくれるんだよ。シニアにとっては天使が降臨したくらいの話じゃないの？」

宙生もなかなかゆずらない。

「わかったよ、どうせひとりで行くしかないんでしょう、なんでもわたしひとりに押しつけてねえ、こういうのがどんどん溜まっていくと、結婚生活っていうのは破綻するんじゃないかと思うよ」

「そんなこと言うなよ、まだはじまってもいないのに」

さすがに危険を察知したのか、宙生はしずしずとにじりよってきて、後ろからハッを抱きかかえる。

「悪いなと思ってるよ。だけど、透析の病院の近くに五時に来いとか、急に無茶言ってきたのは親父だからね。ぼくは常識的に、ウィークエンドなんかに行こうと思ってたのに。どのみち、ぼくと父親はたいして仲がいいわけじゃないし、ほんとに、ハッちゃんだけのほうが、いろんなことがうまくいく気がするんだ。週末には戻ってくるから、そしたら『ヒサモト』にとんかつ食いに行かない？　しばらく行ってないしね」

『ヒサモト』のとんかつのことを言われると、ハツもなんとなくこわばった心が緩んだ。とくにあの、すりおろしたわさびをつけて食べる、透明感のある脂肪部分の甘みのことを考えると、つまらないことでつんけんする気がなくなる。

「ぜったい行くよ、『ヒサモト』」

宙生の両腕を振りほどくようにして姿勢を変え、ちょっと怒ったような顔をしたま

ま、そう宣言すると、自分のもくろみが成功したことに気をよくした宙生が細い目をさらに細くして笑って、

「わかった、わかった」

と、こんどは背中をぽんぽん叩いた。

春成が放浪状態でないときに通う透析の病院は、彼の自宅近くである西多摩《にしたま》のほうにあり、東京でも東側に住んでいるハツからすれば、そこへ行くのは一日仕事だった。

行く道々でも、なぜ自分がひとりで結婚の報告に、会ったこともない春成のところへ出かけていくのか、しかも、透析を受けている病院の近くの『ビタースウィート』という微妙な名前の喫茶店で待ち合わせるのか、考えれば考えるほど妙に思えてきた。

宙生といっしょに暮らし始めて一年半が経ち、その間、注意していたはずだったのに、ようするに避妊に失敗したのだった。しかし、失敗の産物と呼ぶには存在感がありすぎるのが子どもというものだ。だいいち、ハツは三十四歳で、産みたいなら避妊はやめなければならない年齢でもあった。ただ、そうすると、本気で、入籍やら結婚

式やらのことも考える必要があり、二人して、なんとなくその話題をスルーしてきたところに、降ってきた妊娠だった。この子をあきらめるともしかしたら次はないかもしれないし、授かった命を産まないという選択肢は、ハツにも宙生にもなかった。自然に、そういう流れになるんだなあと、二人して受け入れた。神様だかなんだか、あるいは、子ども自身かもしれないが、じょうずに物事を決めてくれるもんだなとも思った。

ハツ自身の父親は、ハツが高校三年生のときに亡くなった。突然だったので、ハツは進学をあきらめて、親戚のつてで地元の小さな貿易会社に就職したのだけれど、数年して家を飛び出すようにして上京し、雑誌の編集を請け負うプロダクションで仕事を覚えてフリーになった。母を置いて出てきてしまったあのときは、ずっと二人でいたら自分の人生がなくなってしまいそうな、若い、息苦しさがあったのだった。

母は、三年前まで岡山《おかやま》でひとり暮らしをしていたのだが、膵臓《すいぞう》に癌が見つかって緊急入院し、進行状況がよくなくて、病院で亡くなった。岡山に戻って実家に泊まり、病院に通ったが、長いこと疎遠にした溝が埋まらなかった感覚があり、いまでも「親」との関係と距離に関しては、失敗したような、苦手なような気がしている。

ひょうひょうとしている宙生も、

「その分野は不得意」

なのだそうで、同棲をはじめたころはもちろん、一年以上経過しても両親に紹介するという話は出たことがなかった。それでもまれに漏れ聞く春成の話などは、ちょっとぶっとんでいておもしろい。

だから、会ってみるのも嫌ではなかったのだ。ただ、こんな状況で、ひとりでというのは、それこそ予想していなかった。

東京は二十三区を過ぎたあたりで、空気が変わる。乗った電車のドアが駅で開いて、外気を入れるごとに、都心から離れていくのがわかる。窓の外の景色も、だんだんとのんびりしたものになっていく。秋の初めの、まだ濃い緑の街路樹の目立つあたりを過ぎて、イワシ雲の伸びる青い空の下に黄色の葉が混じるのを見ていると、なんだか少し心が休まるような気がした。

私鉄を乗り継いで多摩地区の外れの小さな駅に降り立ち、きょろきょろとまわりを見回して『ビタースウィート』を見つける。夕方になると灯りがつく電飾看板の、蛍光灯が切れかけてパチパチしているのが目についた。

扉を開けるとドアベルが鳴る。そういえば、田舎《いなか》にはこんな喫茶店があったなあと思いながら中をのぞくと、中折れの帽子をかぶった老人が角の席に座っている。

近づいていくと、老人は帽子を片手で外して脇に置き、少なめの細い白髪をその片手で後ろに撫でつけた。

年は取っているが整った顔立ちで、そういえば宙生によく似ている。

「お待たせしましたか」

前かがみになって椅子に腰かけながら声をかけると、春成は、いやいや、待ってません、いま来たばかりですと答えて、

「なに、飲みますか。わたしは、ちょっと、ビールをね」

と、うれしそうな顔をした。

「ビール、だいじょうぶなんですか？　今日、透析のあとなんですよね？」

「今日は、だいじょうぶでしょう。いま、いちばん、健康なんだから。酒もね、ちょっとなら、いいんですよ。ここは、ちっちゃいビールがあるもんですから」

ほんとうにいいんだろうかと思っているハツの前に、お待たせしましたと言って、女の子が一口ビールと唐揚げとポテトを持ってくる。サイドについたサラダの、飾り切りしたきゅうりを指さして春成は、

「こういうのがダメなんだ、わたしらは。きゅうりにはカリウム多いからね。あなた、宙生の彼女さんでしたね。あなた、きゅうり、食べませんか？」

挨拶もほとんどしていないのに、いきなり、きゅうりを食べさせられそうになるハツ。

「きゅうり、ダメなんですか？」

「そうなんだよね。ビールも唐揚げもいいんだよ。ダメなのはきゅうりだとかね。青汁なんかもってのほかだね。生野菜だの、海藻サラダなんていちばん悪い。体にいいってもんは避けるに越したことないんだよ。だけど、わたしも戦後のもののない時代に育ってるからさ、残すのが苦手なんで、ひとりだと命縮めても食っちゃうんだな。あなた、せっかく来てくれたんだから、きゅうりを食べなさいよ」

かなりあやしげな持論をくりひろげる春成に、はい、じゃあ、と言ってから、手でつまむのもなんだしと躊躇《ちゅうちょ》しているハツを見ると、春成は駄々っ子のように口を尖らせた。

「あなたもなにか頼みなさいよ、そしたらフォーク持ってきてくれるから。わたしはこのごろ、この時間が晩飯です。そして家に帰って寝るんだ。朝は早い。じじいの生活だ。ちょっと、メニューを持ってきて！」

たいして広くもない喫茶店で、会話が筒抜けだったらしく、そしていかにも常連客という年寄りに気を遣って、女の子はメニューとカトラリーを入れた籠《かご》を持ってきた。中途半端な時間だけれど、おなかがすいていないわけでもなかったので、ミートソーススパゲッティを注文したら、ミニサラダがサービスでついてきた。だからハツは刻みキャベツときゅうりをたくさん食べることになった。

「あなた、郷里はどちらなんですか？」

「キョーリ。あ、はい、倉敷《くらしき》です」

「あらまあ、いいとこね。駅前に、わりかしいい病院があるので、アクセスもいいですよ」

「行かれたんですか」

「行ったよ。全国各地、透析行脚《あんぎゃ》だもの」

もうちょっと飲んじゃおうかな、と言って、春成は一口ビールをもう一杯所望し、ハツにも半分強制的にノンアルコールビールを注文した。

「ご両親はなんておっしゃってるの？」

「両親は、いないんです。母が三年前に。父はわたしが高校生のときに亡くなって」

「あら。宙生がなんにも言わないもんだから」

ハツはあいまいに笑ってうなずいた。こういうときに、どう返せばいいのかわからない。春成はピザを一枚注文した。わりに健啖家であるらしい。

「結婚されるの？」

「はい」

そう言ってから、自分でも変だと思って、ハツは笑い出した。

「おかしいですよね、ひとりで来るの。そういうのはたいてい」

「いや。おかしくないですよ。わたしがね、そういうふうにしてもらったの。宙生といっしょに会うんじゃや、なんだかこう、本音で話せないだろうと思って」

「え？　そうなんですか？」

「あの人とわたしと、たいして仲がいいわけじゃないし、女の人ひとりのほうが、話しやすいですよ。あ、こういうこと言うと、いまセクハラと言われるの？」

「いや、そのあたりはだいじょうぶだと思います」

言いながら、そうか、これは春成の希望だったのかと、ハツはようやく知った。それならそうと、宙生が言ってくれたらよかったのにと思うものの、いきなりそんな提案をされていたらかえって警戒したかもしれない。

そのあと、ハツは自分と宙生のなれそめだとか結婚に至る経緯だとかを、この老人に話すのかと思いきや、老人のほうから彼の結婚だの宙生との関係だのを聞かされることになった。考えてみたら、老人とはそういうものかもしれないし、話すより聞く方が楽でもあった。

しかし驚いたのは、春成がいきなり妙な歌を歌い始めたことであった。

「結婚なんて、ららーらー、ららら、らーらー」

永遠にリフレインするのではないかと思われるその歌を終えると、春成はちょっと照れた顔をして、

「吉田拓郎《よしだたくろう》ですよ。ご存じないかな。これは替え歌ですけども、ひじょうに便利なものです」

と、言った。

「借金なんて、ららーらー、らららとか、透析なんて、ららーらー、らららとか、四音ならいくらでも使えます。ひじょうに使い勝手がよい。ただし、三文字だとだめです」

「三文字？」

「離婚なんて、ららーらーとかいうと、とたんに腰砕けになりますからね」

「はあ」

「宙生に離婚のことは聞きましたか」

「わりと最近、されたって」

「最近でもないですよ。十年前。前の会社を定年退職したあとですね。だけど、もう、それより二十年くらい前から別居ですから、我が家は。結婚なんて、ららーらー、ららら、らーらー。それは聞いてませんか」

「少し、聞きました」

「わたしがよそに相手を作りましてね。まあ、その、浮気というやつです。これも三文字ですからねえ、三文字のやつはたいていダメですね」

ダメというのは歌えないということなのか、もっと深い意味があるのか、ハツは疑問に思ったが聞かなかった。

「たいしたことではないと思おうとしたんですが、宙生の母はうつ病みたいになりましてね。いっしょにいると治らないと言い、宙生を連れて家を出ました。離婚はしなかったんです。わたしは相手とは浮気のつもりで、すぐ別れましたし、女房は戻ってくるような気がしていたんで」

「待っていらしたんですね」

「待ってたっていうんでもない。相手がいないと寂しいからまたねえ、誰かって、そんな感じだから。戻らないですね、そんなところへは」

「でも、離婚はしなかった?」

「うん。しようと言われたのが、退職した後でした。自分からは言えない、そんなことは。わたしはなにしろ、結婚は向かないと思い込んだので、再婚しようとは思いませんでした。あちらは、宙生を育てている間、戸籍上、別れない方がいいと思ってたのかな。わかりません。なにしろ、会ってませんからね。わからないまんまです」

ハツはなんとも答えようがなくて、スパゲッティをくるくるフォークに巻きつけて口に運んだ。そして、そうそう、宙生のことを聞いた方がいいと思いついた。

「でも、宙生さんが戻ったんでしょう？」

「そう、宙生がね。それは聞いてますか。小学生のときからいっしょうけんめい、母親を支えたんでしょうけどもね、疲れちゃったんでしょうね。十七くらいのときですか、とつぜん、あらわれましてね。そのまま居ついたんですよ」

あ、似てるかもしれない、とハツは思った。自分も、ひとりになった母といるのがしんどくなって家を出たのだった。

「高校生になるまでは、時々会ってたんですか？」

「それがさ、会ってないのよ。だって離婚もしてないから、弁護士が面会決めたりしてないからねえ。必要な金は渡していましたけどもね。すごい悪い父親」

宙生は、こんな話になると知っていて、出張に出てしまったんだろうか——。

「そのあと、何年くらい、いっしょにいたんですか？」

「とつぜん来ちゃってね、あの野郎もなんにも言わない。でもさ、出ていけと言える立場ではないからね。高校はやめちゃってるし、どうしようかと思ったけど。宙生の母親から連絡があって、でも本人は帰らないと言うし、まあ、贖罪のつもりで家には置きました。したら、何年かして、自分で大検受けてねえ、仕事みたいなのも見つけて、出て行った。全部でそうねえ、五年くらい、うちにいたかな」

「その間、お母さんとは？」

「宙生は会ってたんじゃないかなあ。わたしに似ない、やさしい息子ですからね。いまは、関係もいいんでしょう、あの人たちは」

「そう、だと思いますが、まだ、わたしはお会いしてなくて」

「え？　まだなの？　じゃ、わたしが先なの？　かんぱーい！」

老人はもうほとんど残りのない杯を上げた。たんに、都内に住んでいる父親と、少し遠方に住んでいる母との物理的な距離の違いのせいではあるのだが、春成はくしゃくしゃと笑顔を作った。

「あなた、それで、あれなの？　おなかに赤ちゃんがいるの？」

「え？　宙生さん、それ、話しているんですか？」

「そうよ。だから結婚することにしたんでしょう。できこんと言うのでしょう?」

デキ婚。春成はその言葉に、とくにネガティブな意味を持たせていなかった。

「あなたは雑誌の記者さんで、宙生の勤めてる建築関係の会社を取材したときに会ったのよね」

「そんなことまで。わりと話してるんですね、宙生さん」

「ううん、話してないよ。わたしが自分のことばかり話すだろうから、あらかじめ情報を伝えておきますって、メールが来たの。心配性だね、宙生。わたし似ではないな」

宙生がそれなりに心配してくれていたのが、うれしかった。

「ねえ。なんで、あなた。宙生のどこがいいと思ったの?」

おもしろそうな顔をして、春成が笑う。

「いばらないところ」

きっぱり、ハツは答えた。

「なんだ、そりゃあ。いまどきの男は、そうはいばらないんじゃないの?」

「そんなことないです。二人になったら、いばるし、変な甘え方してくる」

「そうかい。だけど、結婚なんて、いばらせてくれたり、甘えさせてくれたり、するもんなんじゃないの？　あ、いや、程度問題だけどさ。わたしが言っても説得力はない」

宙生に似た顔をした、でも年を取った春成は、薄くなった髪を撫でる。

「甘えるのは、そうですね、ある程度、お互いさまって思えるけど、いばるのはちょっと困ります。わたしはいばらないので。一方的にいばられることになるから、耐えがたいです」

「そういうもの？」

「いばるっていうか、マンスプ系ですかね」

「まんすぷ？」

「マンスプレイニングです。ちょっとばかにした感じで上から教えてくるみたいなの。こっちは頼んでないのに、あんた知らないだろう、みたいな」

「あ、じゃあ、さっきの、透析の話なんか、わたしがしちゃったのも、まんすぷかねえ」

とつぜん、目の前の老人が反省しだしたので、ハツはあわてる。たしかにこの人は、宙生に似ている。老人男性にしては押しつけがましいところがなくて、気がついたらリラックスして本音を話していた。ハツはちょっと自分を顧みて、まずかったたかなと一瞬思い、しかし、次の瞬間、笑い出していた。

「ばかにされてる感じがしなかったので、それはマンスプではないです。透析患者が食べちゃいけないものの話、おもしろかったです」

「あ、そう？　まんすぷじゃないの？　よかった。助かった」

春成は、人好きのする笑顔を見せた。二人はしばらく笑っていた。

「結婚式はどうするの？」

と、春成がたずねた。

「決めてません。赤ちゃんが先かなって感じで。なにかやってもいいけど、やるとしても地味婚です」

「じみこん？」

「場合によっては、ナシ婚」

「なしこん？」

「結婚式はなしにするとか、地味にするとかって意味です」

「へえ。そういうのが流行《はや》りなの？」

「どうかな。そうですね。どっちかっていうと、地味なほうが今っぽいかも」

ふうん、そうなんですかと、感心したように春成は言い、体調は安定しているのかとか、宙生との生活で困ったことはないかとか、まるで相談すればなんとかしてくれるかのような雰囲気で質問を重ねたが、二人して「まんすぷ」で笑ったあとだったので、ハツには好ましく感じられた。

「もう、あれなの？　動くの？　赤ん坊は」

「まだ、ちっちゃいので動きません」

「わたしにもね、妻のおなかに耳を当てて、音を聞きながら息子の誕生を待ったころがあったんだ。ちょっと、いま、ここでやってみちゃいけないかね。そういうのは、最近はセクハラと言われるのかな」

「そうですね。そこらへんは、言われると思います」

「なんだよ」

春成は不満そうに下唇を突き出した。

「だって、そりゃ、しょうがないですよ。見た目がまんま、セクハラですもん」

ハツは笑いながら言い、春成も、そうだなと言って笑った。

帰り際に春成はハツを駅まで送ってきた。

「気をつけてね。気をつけて道の内側を歩いてください」

と、春成は言った。

「道の、内側、ですか？」

「その、なんだ。車側のほうを歩かないでってことだよ。妊婦さんが車道側を歩いているとひやひやするんだ。車道側は宙生に歩かせなさい」

赤ん坊が生まれたら、また来ます。その前に、地味婚をするなら連絡します。

そう、改札口で、ハツは言い、帽子を頭に載せた春成に手を振った。


一方、母親のほうに会いに行くのは、そんなに難しい話ではなかった。居場所も特定されていたし、仕事があるからそこから動くこともないのだそうで、ただ、それはともかく十一月の半ばまでのことで、それ以降のことはまだ決まっていないと言われて、ハツの頭は混乱した。

「母はね、冬季には営業を休む、長野《ながの》の高山《たかやま》の旅館で働いているから。十一月の半ばには仕事がなくなってしまうんだよね。だから、それまでの間なら、その旅館の寮にいるけど、そのあとはどうするかわからないみたい」

「もしかして、お母さんも放浪してしまうのかな」

「それは、ない。たぶん、スキー場に移ると思う。去年もおととしもそうしてたから」

「観光地で働くのが好きなの？」

「好きっていうか、そういう働き方があるんじゃないの？　好きっていえば、たしかに自然の美しいところが好きみたい。母というより、母のパートナーが」

「お母さん、再婚されてるんだっけ？」

「してない。母のパートナーは女性だし」

「女性？」

「そう。ぼくが家を出てしばらくして、そうだね、もう、七、八年になるかな」

「お母さん、女の人が好きなの？」

「たぶん、そういうわけでもないいんじゃないかな。質問は、レズビアンかどうかでしょ？」

「そうね。そう」

「知り合ったときが六十代だからなあ。いっしょに暮らしてるだけじゃないかな。彼女のことは好きなんだと思う。ファンさんていう、中国の人。まえに、弁当工場で働いていたときに知り合ったの」

「それからいっしょに？」

「そう。二人して、景色のいいところで仕事見つけてね」

「でも、お母さん、もうけっこうお年では」

「そう。だけど、けっこう高齢者が多いらしい、リゾバ」

「リゾバ?」

「リゾートバイトだよ。寮もあるし、二人で働いていると、悪くない稼ぎみたい。まあ、母はそろそろかなっていっつも言ってるけどね」

そういうわけで、宙生とハツは、宙生の母の冴子《さえこ》がリゾバをしている信州の温泉地を訪ねることになった。日帰りするかどうかで揉《も》め、強行軍は胎児によくないかもしれないという話になって、温泉地にあるプチホテルに逗留を決めた。夕ご飯は、四人いっしょに食べることになるかもしれないと言うので、素泊まりを予約する。妊娠がわかってから初めての旅行で、ハツはちょっとうれしかった。

訪ねたのは、冴子とファンさんの休日である水曜日だった。

冴子さんが会おうと言ってきた場所は、国立公園の中のキャンプ場の一角だった。

「お母さん、キャンプが好きなの?」

新幹線の中でたずねると、宙生は斜め上を見上げて、うーんとうなった。

「ぜんぜん、知らない。ぼくが知る限りでは、そういう人ではなかった」

「どういう人だったの？　いつまでいっしょにいたんだっけ？」

「いっしょに暮らしてたのは高校二年生まででしょう。それからはほとんど連絡しない時代が続いてた。まったく会わなかったわけではないけど、親とは距離を置く年齢じゃない？　そうだね、わりと最近だよ、ふつうに連絡とるようになったのは」

「なんかきっかけがあった？」

「ファンさん」

「ファンさん？」

「息子に会いたいと言われて、会った。六年くらい前」

「それからは時々会ってるの？」

「そう。ファンさんに会いたくて」

「ファンさん、そんなに素敵な人なんだ！」

「そう。ていうか、変わってるからラク」

　変わってるからラク。

　それも変わった評価だなと思いながら、ハツは窓の外に目を移し、だんだん山に近づいていく風景を眺めた。

　新幹線からローカル線に乗り換え、小さな駅で降りて、そこからはバスに乗る。ローカル線ですでに、山の中の景色に変わっていたが、それでも人の家や畑のある光景を後にして、バスは山道を登り、右に白樺やカラマツの林、左に渓谷といった眺めになった。

観光客も多く訪れるという、沢にかかる橋のたもとでバスを降り、そこから沢沿いにハイキングコースを行けば、ファンさんたちが待っているキャンプ場があるはずだという。

平日だからか、宿も少ないせいなのか、観光客でごった返すようなことはなく、また、グループよりもカップルが多いのが、その国立公園の特徴なのかもしれない。たまに、登山靴を履いた数人に出くわすけれど、みんなそこそこ落ち着いた年齢だ。と考えて、休みの時期でもないのに学生が来ることはないだろうと、ハツは気がついた。

キャンプ場といっても、それこそバーベキュー台もないから、ただ、河原のあちこちに、ぽつんぽつんとテントが設営されているだけだ。沢の飛び石の上には、のんびり日向ぼっこをしている猿の群れがあり、どちらかといえば猿のほうが数が多いなとハツは思った。

けれど、なによりもその自然しかない場所の空気に魅了された。

木と土と草と水があるだけで、なんていい匂いがするんだろう。

「あ、いた」

宙生が突然、そう言った。

河原に白髪頭の老婆が二人、背を丸めて座っていた。両方とも水のほうを見て、あるいは水の向こうにそびえたつ山のほうを見て、お茶のようなものをすすっている。

「ファンさん！」

宙生が声をかけると、二人はゆっくりと振り返った。

「ソラオ！」

歌うような声を上げたほうが、おそらくファンさんで、立ち上がると背が高く、白髪はうねって肩の下に達している。眼鏡《めがね》をかけた顔でにんまりと笑った。ざっくり編んだカウチンセーターを着てワークパンツを穿いた姿は、ちょっと性別の判断がつかない雰囲気だったが、声はたしかに女性だった。

「待ってたんだよー、オヨメサン？」

ファンさんは駆け寄ってきて、その大きな体を折り曲げるようにしてハツを抱いた。

お嫁さん。

そうか、自分は、宙生のお嫁さんなのか。

久しく聞かないその言葉が、少し訛《なま》りのある高齢女性の口から漏れたのが不思議だった。後ろで小柄な短髪の女性が、こちらはゆっくりと椅子のひじ掛けに手を突きながら立ち上がり、ぎこちなく微笑んでお辞儀をした。ハツも両手を膝のあたりに置いて、深々と頭を下げた。

「アンタタチ、おなかすいた？　サイコがケーキを焼いたんだよー。はい、そこに座って。お手拭きがあるよ。まず、なにか飲むか？　アルコールはないよ。車で来てんの。なに？　麦茶？　コーヒーもあるからね」

立て続けにしゃべりながらファンさんは、ハツに椅子をすすめて、自分は毛布のようなものを敷いた上に腰を下ろし、宙生を手招きする。サイコ、と呼ばれているらしい冴子は椅子に座りなおした。足があまりよくないらしい。彼女は地べたには座れないのだろう。椅子に冴子、敷物の上に宙生、となりにファンさん、そしてもう一つの椅子にハツ、という並びで、悠然とそびえる北アルプスの山を目の前にして、食べ物や飲み物を渡しあう。

宙生のお母さんに会いに来たような気がするのだが、並び方の関係上、いつのまにかファンさんと話している。というよりも、ファンさんが話しているのを聞く。

「ワタシはもう三十年も前に日本に来たんだよ。日本人と知り合って結婚もしたな。もうずいぶん前に離婚したけどね。仕事はいろいろだよ。スーパーもやったし、弁当工場にもいたし、旅館の仕事はいろんなところに行けるから気に入ってる。アンタ、ソラオのどこが好きなの？」

　唐突に、ひどく本質的な質問が混ざる。

「ええと、そうですね。いばらないとこかなって思ってるんですけど、わりと、よく話を聞いてくれるところかも」

「そうよ。サイコもそう。よく話聞いてくれる。似てるんだろ。親子だからね。サイコとワタシは弁当工場で知り合ったの」

「はい、そう聞いてます」

「あと、なに聞いてんの？　ワタシとサイコは恋人同士だよ。それは聞いてる？」

「あ、パートナーって」

「そう言うの？　最初の結婚のときは、隠してたの。だけど、自由に生きたいじゃない。だから、別れて、それからは、パートナーはいつも女の人。少し、残念なのは、子どもを持たなかったことよ。結婚ではできなかったの。あとはねえ、女の人同士では、子どもはできないでしょう。だからさ、サイコに息子がいると聞いたら、どうしても会いたくなったの」

「あ、そういう理由で」

「かわいいだろ、ソラオ。ワタシは大好きなんだ。もっと遊びにくればいいのに、忙しいんだろうね。どう、ソラオ、忙しいの？」

「そうですね。わりと、まあ」

「アンタ、子どもが生まれるんだって？」

「はい、まだ、ちょっと先ですけど」

「いつ？」

「ええと、五月かな」

「そう、ですかね？」

「なによ、アンタ、すぐじゃないの」

「ワタシ、楽しみにしてるんだよ。孫ができるみたいなもんでしょう」

「あ、孫？」

「サイコの息子の子どもだもん。ソラオの子どもでしょう？　それって、ワタシには孫でしょう？　アンタ、連れてきてよ、お願いだから。時々は顔見せてよ。しょっちゅう来い、とは言わないからさ」

「だけど、冴子さんとファンさん、よく、住むところが変わるんでしょう？」

「いや。そうでもない。家を借りたんでね」

「家？」

「この近くだ。車で一時間くらい。この辺では、それは、近くって言うんだよ。ぼろっぼろの家だけど、広いんだよ。そして家賃がねえ、一万円」

「一万円？」

「安いだろ。一年で十二万だよ」

「それは。安いですね」

「ちゃんと電気もガスも水道も通ってる。いまは休みの日だけしか泊まらないけどさ。アンタタチ、これから行くだろ」

「はい？　どこに？」

「だから、家だよ。そのあとで、ホテルまで送るよ。まず、アンタ、ケーキ食べなよ。サイコが焼いたんだから」

　相槌を打っていたから、食べられなかったのだが、ハツは大急ぎで、甘く煮たリンゴを焼きこんだパウンドケーキを食べた。ファンさんは宙生のほうを向き、一万円で借りている家のことを話し始める。コーヒーを飲みながら、おとなしい宙生はふんふんとうなずいている。

ハツは冴子とほとんど話をしないままに、古そうな車に乗せられて、老女二人が暮らす家へと向かうことになった。そこを気遣ったのかどうなのか、助手席には宙生が乗り、ハンドルを握るのはファンさんで、ハツは後部座席で冴子と隣同士になったが、冴子はものすごく口数が少なくて、ここの空気はいいですとか、山が美しいですとか、高校生のときに部活の合宿で近くに来たことがありまして、などと、なんとか沈黙を作らないように繰り出すハツの、どうでもいいような話に、はい、はい、そうですかとうなずくばかりだった。

まっすぐ家に行くのかと思いきや、ファンさんの軽自動車は農道を走って行って、車の片側を畑に突っ込むような形で停車した。ファンさんは、

「ちょっと、収穫していく」

と、宣言した。

それで、足の悪い冴子だけを残し、宙生とハツは車を降りることにしたのだが、降りかけたハツに向かって小さい声で冴子は、

「宙生でいいんですか?」

と、なんだか恥ずかしそうにたずねた。

ハツはびっくりして振り返り、一瞬、言葉に詰まったが、

「宙生さんがいいんですよ。宙生さんだからいいんですよ」

と、言ってみた。

冴子はそれを聞くと、耳まで赤くなった。そして、こぶしを膝に置いて前を向いてしまったので、ハツは、ちょっと行ってきますと言って、車を降りた。

ファンさんが、うちの畑、と呼んでいる場所は草がぼうぼうで、ほったらかしの植物たちのように見えたが、近づいてみると赤く色づいたトマトや太ったピーマン、天を突くように生える立派なオクラ、ぴかぴか光るナスなどが、悠然と生《な》っているのだった。

「その赤いの採って」

だの、

「大きいのを切っちゃって」

だの言われて、ハツと宙生はもくもくと収穫に励んだ。予定外の行動に思えるが、おもしろくなくもない。スニーカーとジーンズで来てよかったと、ハツは思った。お母さんに会うのだからワンピースにしようかと、今朝まで悩んでいたのだ。

「これも、今日過ぎたら黄色くなっちゃう」

ていた。

と言って、ファンさんがばきばきと切り倒した枝には、ふぞろいの枝豆がくっつ
いていた。

プラスチックの大きなケースに、収穫した野菜をごろんごろんと入れて、トランクに突っ込んだファンさんは、また運転席に戻って豪快に車を動かし始めた。

「アンタタチ、今日、こっちに泊まるんでしょう。宿には風呂に間に合うように帰ればいいねえ。ほんとはウチで寝てくれたっていいんだけど、タヌキがいるかもしれないから勧められない」

ファンさんはそう言いながら、農道をゆうゆうと運転し、とても入れるとは思えないような細い道を、古い車をぎこぎこ言わせながら登って、月一万円で借りているという、ぱっと見は、廃屋に見える、ひさしの傾いた家の表で車を停めた。

「ま、入ってよ」

そう言われて、土間に通ると、そこにはじゃがいもだのかぼちゃだの、その他ハツが名前を知らないカラフルな根菜類が転がされている。

上げられた板間には大きな作業台があって、台の上にも床にも野菜が置かれていたが、ファンさんはあわてて台の上のものを隣室に移動させた。ここで食事がふるまわれるらしい。

古い硝子戸《ガラスど》のついた大きな棚が壁際にあって、そこにはいつのものともわからないファイルや雑誌やポスターが、乱雑に縦横も無視して入れてある。壁掛けの時計はまったく見当違いの時間を指して止まっているし、窓には「月影荘」という、宿屋の看板めいたものがひっかかっていた。

「ここは、元は旅館かなにかだったんですか？」

宙生がたずねると、ファンさんは首をかしげて、

「知らない。ワタシが借りたときは、空き家だった。蒲団《ふとん》だけ買って入れて、お風呂なんかを直してね。あとはまあ、ほこりを払ってそのまま使ってる。たまに動物の足音も聞こえるけど、まあ、もういいんじゃないかと思うの。猿とかタヌキとかといっしょに住んでても」

ほんとにいいんだろうかと思って冴子のほうを見ると、彼女もにこにこ笑っているので、どうも二人の間ではよいことになっているようだった。

そこはなんともいえない不思議な空間で、けっして整理整頓がなされているようには見えず、畳もぼこぼこしていたし、すべての戸板、すべての硝子戸が歪《ゆが》んでいるような感じだったけれど、不衛生というのとは違ったし、二人の老婆が居心地よくしているのは、ハツにも宙生にもわかった。

たしかに、この家に泊まって行けと言われたら躊躇したような気がするけれども。

その日の晩餐は、忘れられない。

ファンさんが、畑で採れたばかりの野菜を料理したのだ。

ざっと塩ゆでにした枝豆がザルのままぼんと置かれ、洗って籠に盛られたきゅうりとミニトマトの横には、手前味噌とヨーグルトで作ったディップが添えられた。きゅうりやトマトには虫にかじられた痕もあったけれど、

「いいんだよ。おいしいんだよ。おすそ分けだよ」

と、ファンさんが言うので、気にするのも悪いし、ばかばかしくもなった。

ファンさんは、自分は運転があるので飲まないが、ビールを出そうかと言ったのだが、冴子はもともと飲まないし、ハツは妊娠中なので、宙生は遠慮することにした。

しかし、アルコールの不在を忘れさせるくらい、ファンさんの野菜はみんな味が濃かった。

畑で見たときは、貧相に見えた枝豆がすっかりふっくりして、口に含むと強い甘みとうまみが広がる。

その他、調理されて出てきたのは、じゃがいもとピーマンの千切りを炒めたもの、

トマトの卵炒め、塩漬けにして発酵させた長いインゲンのような豆を細かく切って豚ひき肉と炒めた料理など、すべて中華鍋で手早く作る料理だったが、これがまたひどくおいしくて、白飯がどんどん進む。

「じゃがいもとピーマンは土豆絲《トウドウスー》、トマトと卵は番茄炒蛋《ファンチエーチヤオダン》、このね、緑のと豚肉のは酸豆角炒肉末《スアンドウジヤオチヤオロウモー》というんだ。みんなうまいだろ。この豚もね、少し先にある養豚場の人からわけてもらってるの」

「いつから畑を？」

「去年から。上手な人がいるのよ、その人が年を取って、もう全部は面倒見られないと言うから、引き継いだの。サイコも年だし、あちこち行くのも、やめようかなと思ってたところで、ここが一万円で借りられたし、そろそろ定住するつもり」

「仕事はどうするんですか？」

「働ける間は働くよ。幸い、ここは、夏の仕事も冬の仕事もあるの。来月からはスキー場が開く。また住み込みやって、休みの日にここに来る。だけど、ここで食べるものを自分で作って暮らせたら、いいじゃない？　ワタシとサイコの生活、お金はかからない」

奥の部屋で、ガサゴソッと音がする。

「ほらね」

と、ファンさんが言う。

「なにか来てるんだよ。ワタシタチの同居人が」

「同居人？」

「だから、タヌキかなんかだよ。野菜だって、みんな食べられちゃう。でも、まあ、いいよ。分け合って食べる。ワタシとサイコじゃ、たくさんあり過ぎて食べきれないもの」

鷹揚《おうよう》なファンさんは笑って、そして冷蔵庫から不思議なものを出してきた。

「採ってすぐ皮剝かないと黒くなっちゃうんだ」

「なんですか、これ」

「ポーポー」

「果物？」

「そう」

「甘い」

「甘いですね」

「甘いだろ」

「うまい」

「うん、うまいんだ」

冴子はどうしていたかというと、この間、ほとんど口を利かず、しかしうれしそうに皿やカトラリーを出したり、うまいという言葉にうなずいたりしていた。

「ねえ、赤ちゃん、動く？」

ファンさんがハツに向きなおる。

「あー、まだ、動きません」

「そうかー。動くならなあ、おなかに手を当てて、こういうふうにしてなあ。わかるんだろ。やってみたいけどなあ」

春成もやってみたがったなあと、ハツは思い、動いてくれればいいのにと、おなかの胎児の、のんびりした態度を少しうらめしく感じる。

食後のポーポーを食べつくして、そろそろ帰ろうかということになり、ファンさんは段ボールに野菜をいっぱい詰めてくれて、温泉街のホテルまで車で送ってくれた。

その車の中でも、ハツは無口な冴子と隣同士になり、こんどは夕食がいかにおいしかったかを力説することになった。そして、車を降りるときになって、冴子は勇気を振り絞ったようにして、耳元でハツに聞いた。

「ほんとに、宙生でいいんですか？」

「いいですよ！　宙生さんがいいんですよ。いままでつきあった中でいちばんいい人ですよ。おだやかで、宙生さん、いい人ですよ」

なんでそんなことを何度も聞くんだ、という非難の気持ちが少し強い口調に出てしまったらしく、聞いた冴子はおろおろした。

「高校生のときに家を出てしまって、それからずっと、わたしは心配で、ずっと心配で」

ハツは、自分でもどうしてそんなことをしたのかわからないのだが、冴子の手を取って、自分のまだあまり目立たないおなかに当てた。

「あ」

と、冴子が目を泳がせて口を開けた。

ハツは、また来ます、と言って、車を降りた。

この作品は、二〇二二年六月に小社より刊行されたものです。

|著者| 中島京子　1964年東京都生まれ。出版社勤務を経て渡米。帰国後の2003年『FUTON』（講談社）でデビュー。2010年『小さいおうち』（文藝春秋）で第143回直木賞を受賞。2014年『妻が椎茸だったころ』（講談社）で第42回泉鏡花文学賞を受賞。2015年『かたづの！』（集英社）で第3回河合隼雄物語賞、第4回歴史時代作家クラブ賞作品賞、第28回柴田錬三郎賞を受賞。同年『長いお別れ』（文藝春秋）で第10回中央公論文芸賞、さらに翌2016年、同作品で第5回日本医療小説大賞を受賞。2020年『夢見る帝国図書館』（文藝春秋）で第30回紫式部文学賞を受賞。2022年『ムーンライト・イン』（KADOKAWA）、『やさしい猫』（中央公論新社）で第72回芸術選奨文部科学大臣賞（文学部門）を受賞。同年『やさしい猫』で第56回吉川英治文学賞を受賞。その他、著作多数。

オリーブの実《みの》るころ
中島京子《なかじまきょうこ》

講談社文庫
定価はカバーに
表示してあります

2024年10月16日第1刷発行

発行者——篠木和久
発行所——株式会社　講談社
東京都文京区音羽2-12-21　〒112-8001
電話　出版（03）5395-3510
　　　販売（03）5395-5817
　　　業務（03）5395-3615
Printed in Japan

KODANSHA

デザイン—菊地信義
本文データ制作—講談社デジタル製作
印刷———株式会社KPSプロダクツ
製本———株式会社国宝社

ISBN978-4-06-537157-2

講談社文庫刊行の辞

二十一世紀の到来を目睫に望みながら、われわれはいま、人類史上かつて例を見ない巨大な転換期をむかえようとしている。

世界も、日本も、激動の予兆に対する期待とおののきを内に蔵して、未知の時代に歩み入ろうとしている。このときにあたり、創業の人野間清治の「ナショナル・エデュケイター」への志を現代に甦らせようと意図して、われわれはここに古今の文芸作品はいうまでもなく、ひろく人文・社会・自然の諸科学から東西の名著を網羅する、新しい綜合文庫の発刊を決意した。

激動の転換期はまた断絶の時代である。われわれは戦後二十五年間の出版文化のありかたへの深い反省をこめて、この断絶の時代にあえて人間的な持続を求めようとする。いたずらに浮薄な商業主義のあだ花を追い求めることなく、長期にわたって良書に生命をあたえようとつとめるところにしか、今後の出版文化の真の繁栄はあり得ないと信じるからである。

同時にわれわれはこの綜合文庫の刊行を通じて、人文・社会・自然の諸科学が、結局人間の学にほかならないことを立証しようと願っている。かつて知識とは、「汝自身を知る」ことにつきていた。現代社会の瑣末な情報の氾濫のなかから、力強い知識の源泉を掘り起し、技術文明のただなかに、生きた人間の姿を復活させること。それこそわれわれの切なる希求である。

われわれは権威に盲従せず、俗流に媚びることなく、渾然一体となって日本の「草の根」をかたちづくる若く新しい世代の人々に、心をこめてこの新しい綜合文庫をおくり届けたい。それは知識の泉であるとともに感受性のふるさとであり、もっとも有機的に組織され、社会に開かれた万人のための大学をめざしている。大方の支援と協力を衷心より切望してやまない。

一九七一年七月

野間省一